ars vivendi

# LACHEN

Kurzgeschichten

---

Sechs poetische Stimmen
Nach einer Themenidee von Michael Köhlmeier
Herausgegeben von Rafik Schami

ars vivendi

Originalausgabe

1. Auflage März 2020

GmbH & Co. KG, Bauhof 1,
90556 Cadolzburg

www.arsvivendi.com

Lektorat: Dr. Felicitas Igel
Umschlaggestaltung: Philipp Starke, Hamburg
unter Verwendung eines Fotos von
© Mark Owen / Trevillion Images
Gedruckt auf holzfreiem Werkdruckpapier
Printed in the EU

ISBN 978-3-7472-0108-4

# *Lachen*

# *Inhalt*

# *Ein Wort zum Abschied*

*Lachen* ist der letzte Band der Reihe »Sechs Sterne«. Ein Gefühl der Freude umgarnt mein Herz. Am Anfang stand eine Idee: die Idee, die Kunst der Kurzgeschichte literarisch zu verteidigen. Ich habe nicht zu träumen gewagt, dass drei Kolleginnen und zwei Kollegen mit mir den Weg sechs Jahre lang gehen würden. Sie haben es aber getan! Darauf werde ich mein Leben lang stolz sein. Root Leeb, Monika Helfer, Nataša Dragnić, Michael Köhlmeier und Franz Hohler schrieben mit mir an diesem Experiment.

So entstanden sechs wunderbare Themenbände aus sechs ganz verschiedenen Zugangsweisen und Klangfarben, die auf unseren Unterschieden in Alter, Geschlecht, geografischer Verbundenheit und Sprache beruhen.

Jeweils eine(r) von uns schlug ein Thema vor, und alle schrieben Kurzgeschichten darüber. Meine Aufgabe als Herausgeber war es, die eigens dazu verfassten Texte zu sammeln und zu jedem Thema ein Nachwort zu schreiben. Wir wollten keine Anthologien produzieren. Anthologien gibt es mehr als genug. Wir wollten etwas literarisch Einzigartiges schaffen, wollten zu einem Thema alle möglichen Spielvarianten erzählend erkunden. Franz Hohler machte den Anfang mit *Reisen*. Ihm folgte Nataša Dragnić mit *Tiere*. Dann kam ich an die Reihe mit *Geburtstag*. Der Vorschlag von Monika Helfer lautete *Sehnsucht*. Auf den Impuls von Root Leeb hin widmeten wir uns dem *Geheimnis*. Und nun schließt Michael Köhlmeier die Reihe mit *Lachen* ab.

Der Verlag ließ die Bücher durch die liebevolle Gestaltung und edle Ausstattung zu einer Augenweide werden. Ich danke allen Beteiligten für ihre Unterstützung.

Rafik Schami, Frühjahr 2020

*Michael Köhlmeier*

*Drei Geschichten*

# Das Kasmandl

Das Kasmandl ist klein und breit und hat eine Joppe an, die ist klein und breit und schwer, und hat eine Hose an, die ist klein und breit und schwer und grob, und hat Schuhe an, die sind klein und breit und schwer und grob und hart wie Buchenholz. Das Kasmandl braucht ein ganzes Jahr, um drei Wörter zu lernen, und nach drei Jahren vergisst es wieder ein Wort, dafür lernt es im nächsten Jahr vier Wörter dazu, und nach vier Jahren vergisst es ein halbes, und dann lernt es fünf Wörter, und nach fünf Jahren vergisst es das Viertel eines Wortes. Und so geht das weiter. Das Kasmandl ist mehr als hundert Jahre alt; jetzt kann man sich ausrechnen, wie viele Wörter es reden kann.

Manchmal kommt das Kasmandl ins Tal herunter und stellt sich am frühen Morgen vor die Tür eines Hauses und wartet, bis die Tür aufgemacht wird von innen und ein Mensch dasteht, der fragt, was es will. Dann sagt das Kasmandl:

*Will ein Biss*
*Will Brot, weil Not*

Wenn man ihm dann nur einen Ronken Brot gibt und sonst nichts dazu, dann sagt es:

*Gut für Bauch*
*Will Milch auch*

Wenn ein Mensch aber besonders freigebig ist und Brot, Milch, Butter, ein Rad Schinken und eine Banane rausrückt, dann neigt das Kasmandl seinen eisgrauen Kopf, sodass der Bart bis weit über das Bäuchlein hängt, und sagt:

*Essen gut*
*Brauch noch Hut*

Und wenn der Mensch dann empört ist und dem Kasmandl vorwirft, dass man nicht immer nur fordern soll, dass man auch einmal dankbar sein muss, dann wirft das Kasmandl alles von sich, was es geschenkt bekommen hat, und ruft aus:

*Böse, du*
*Nimmer Ruh*

Und läuft davon. Der Mensch aber hat von da an keine Ruh mehr in seinem Leben, keine Nacht schläft er mehr durch, und wenn er sitzt, denkt er ans Gehen, und wenn er geht, denkt er ans Liegen, und wenn er liegt, denkt er ans Stehen. Bis er sich zuletzt an einem Baum womöglich aufhängt.

Da war einmal ein Jäger, der schoss zur Winterszeit hoch oben in den Bergen eine Gams, eine junge dazu, und weil er schon so lange auf den Beinen war, ohne dass er etwas zwischen die Zähne gekriegt hatte, dachte er bei sich: Wenn ich diese herrliche junge Gams ins Tal hinunterschleppe, was sicher fünf Stunden dauert, dann kommt womöglich von hinten ein Fuchs angeschlichen und beißt mir Stück für Stück von der zarten jungen Beute herunter, ohne dass ich es merke, und wenn ich unten ankomme, sind nur noch die Kutteln und die Flachsen übrig. Wenn aber, angenommen, der Fuchs nicht kommt und auch sonst niemand und ich die Beute heil ins Tal bringe, dann tut mir erstens der Buckel weh, zweitens bin ich so müde, dass ich mich hinlegen muss, was die Kollegen ausnutzen werden, um mir die zartesten Brocken vor der Nase wegzuessen.

Deshalb beschloss der Jäger, in einer verlassenen Almhütte Rast zu machen und sich einen Festbraten zu gönnen. Sicher, so dachte er, hat der Senn, als er im November die Hütte verließ, ein paar Zwiebeln zurückgelassen und auch einen Laib Brot und ein paar Kartoffeln.

Und so war's auch.

Das war eine schöne Hütte, eine gemütliche Hütte! Da lag auch Brennholz, und gar nicht wenig. Draußen fiel der Schnee in handtellergroßen Flocken vom Himmel, bis zum Gürtel war der Jäger eingesunken, seine Beinkleider waren durchnässt und seine Hände klamm, und ihm war kalt bis hinein in die Knochen. Da machte er sich im Herd ein Feuer an und rieb darüber die Hände. Er griff in seinen Hosensack und holte ein Schnapsfläschchen heraus und trank und war glücklich.

Dann brach er mit seinem Messer die Gams auf, nahm die Leber heraus, freilich waren da Zwiebeln, freilich auch Brot und Kartoffeln, sogar Salz, und warf alles miteinander in die Pfanne, und die stellte er auf den Herd, und bald begann es zu prasseln und zu duften.

»Ich bin glücklich!«, rief der Jäger in die Hütte hinein, die inzwischen so bullig warm war, dass kein Lebewesen der Welt lieber im Schloss des Königs gewesen wäre als hier. »Ich bin glücklich!«

Da hörte er hinter dem Ofen ein Rascheln. Da war nämlich eine Kiste, in der lag Stroh, wie man es braucht, wenn man den Boden sauber halten will.

»Was raschelt da?«, fragte der Jäger. Aber er griff nicht zu seiner Flinte. So gut gelaunt war er, dass er in niemandem einen Feind sah, wär's auch der Teufel selber gewesen.

Aus dem Stroh krabbelte das Kasmandl. Es hatte hier Unterschlupf gefunden im Winter. Es sah den Jäger an mit seinen eisgrauen Augen und schnupperte und sagte:

*Gut schmeck*
*Will leck*

»Bist herzlich eingeladen!«, sagte der Jäger, und weil er einen Spaß machen wollte, fügte er hinzu: »Und wenn du noch einen Wein und einen Käs hast, dann haben wir's besser als der König.«

Das Kasmandl verschwand kurz unter dem Stroh, gleich war es wieder da. In der einen Hand hielt es eine Weinflasche, in der anderen einen Teller mit Käse, und es lachte und tanzte und sang dazu:

*Käs ist räß*
*Wein ist fein*
*Zwiebel scharf*
*Essen darf*

Das Kasmandl übernahm Kochlöffel, Töpfe und Pfannen und hantierte, der Jäger legte sich zu einem kleinen Schläfchen aufs Ohr und genoss die Gerüche und ließ sie in seine Träume hineinwehen.

Und dann gab's ein Festessen: Gamsleber, mit Zwiebeln angebraten, dazu Rösti und in Fett geröstete Brotbröcklein, mit Käse überbacken, und Wein, erst eine Flasche, dann eine zweite, das Kasmandl verschwand und kam zurück und hatte eine dritte.

Und als sie gegessen und getrunken hatten und am Boden lagen, weil ihre Bäuche es so verlangten, da sagte der Jäger: »Jetzt fehlt mir eigentlich nur noch ein Pfeifchen Tabak.«

Und schon verschwand das Kasmandl, und schon war es wieder da, und in jeder Hand hielt es eine Tabakspfeife, eine für den Jäger, eine für sich selber.

Einen schöneren Abend, das musste sich der Jäger eingestehen, hatte er noch nie erlebt.

»Was kann ich Gutes für dich tun?«, fragte er das Kasmandl. »Dir verdanke ich den schönsten Abend meines Lebens, die Gams hat besser geschmeckt, als sie im feinsten Restaurant der feinsten Stadt schmecken würde, die Rösti waren auf dem Punkt, die Brotbröcklein mit dem geschmolzenen Käse ein Gedicht, und der Wein stellt den besten Italiener in den Schatten. Und zuletzt der Tabak, edelster Virginia! Was kann ich Gutes für dich tun?«

Das Kasmandl lachte unter seinem eisgrauen Bart über sein ganzes eisgraues Gesicht, und leise begann es zu singen:

*Hässlich klein*
*Freund will sein*
*Im Herzen drin*
*Bei dir ich bin*
*Bin hässlich klein*
*Doch Freund will sein*

»Ich verspreche dir«, sagte der Jäger, »ich werde jedes Jahr um diese Zeit hierherkommen und eine Gams mitbringen, eine junge, zarte, und wir beide werden uns einen schönen Abend machen, und ich werde alles mit dir teilen. Das schwör ich!«

Ach, könnt ihr euch denken, wie es ausging? Warum kann nicht einmal etwas gut ausgehen? Oder überhaupt nicht ausgehen? Einfach so weitergehen?

Eine Zeit ging es auch so weiter. Jedes Jahr kam der Jäger mit einer Gams, und das Kasmandl kochte und briet und zauberte Wein herbei, so gut, wie er nicht einmal im Keller des Königs gelagert wurde, und sie verbrachten ihren schönen Abend und schmauchten zuletzt ihr Pfeifchen. Aber dann verliebte sich der Jäger und verlobte sich. Sie war eine Jägerin, was das Verlieben und Verloben natürlich erleichterte, weil ein Riesenhaufen gleicher Interessen da war, gute Schützen waren sie beide, er nicht besser als sie, sie nicht besser als er, sodass kein Streit zwischen ihnen aufkam. Er mochte an ihr, dass sie so weich war. Sie mochte an ihm, dass er ein warmes Herz hatte.

Und dann, eines Tages im Winter, sagte der Jäger zu seiner geliebten Verlobten: »Du, ich habe eine Überraschung für dich.« Und damit meinte er: die Almhütte und das Kasmandl und ein unübertreffliches Menü und einen Spitzenwein und hinterher ein Pfeifchen.

Die Jägerin – das braucht nicht erwähnt zu werden, ich tu's trotzdem, der Form halber – war natürlich sehr schön. Und das Kasmandl hat sich in sie verschaut. Das war abzusehen. Daran hat der Jäger aber vor lauter Verliebtheit nicht gedacht. Das Kasmandl sagte:

*Frau so viel schön*
*Soll mit mir gehn*

Da lachten der Jäger und die Jägerin. Sie lachten und konnten nicht mehr damit aufhören, sie lachten und lachten aus, sie lachten das Kasmandl aus.

Das Kasmandl sagte:

*Hast geschworen*
*Sonst Freund verloren*

Da lachte der Jäger noch lauter: »Ich kann dir doch nicht meine Verlobte geben! Sie ist eine schöne Frau, du bist ein hässlicher Zwerg!«

Das Kasmandl aber sagte:

*Hast versprochen*
*Hast gebrochen*

Und sie lachten das Kasmandl aus, der Jäger und die Jägerin, und das Kasmandl merkte sehr wohl, dass es ausgelacht wurde, und es rief:

*Wer mich lacht*
*Zu Stein gemacht*

Da waren der Jäger und die Jägerin zu Stein gemacht, und der Stein war hart und kalt. Und der Stein sah aus, als hätte er zwei Gesichter, und in den Gesichtern die Münder, die standen offen, weit offen, wie Münder eben offen stehen, wenn gelacht wird. Nur dass ein Stein nicht lachen kann.

Das Kasmandl aber war sehr betrübt, und es sang:

*Nix mehr han*
*Selber tan*
*Nix mehr han*
*Selber tan*

Dann ging es fort, das Kasmandl, das kleine und breite mit der Joppe, der kleinen und breiten und schweren, und der Hose, der kleinen und breiten und schweren und groben, und den Schuhen, den kleinen und breiten und schweren und groben, die hart waren wie Buchenholz.

# *Der Joker*

Es war einmal ein Vater, der war ein Trinker und ein Unhold, er war Jacks Vater, und er war ein böser Mann. Alle Männer in Jacks Familie waren böse, so weit zurück man sich auch erinnern mochte. Die Frauen aber waren still und hatten Angst und verwandelten sich eine nach der anderen in Vögel, in Käfer, in Libellen und Mückenschwärme.

Als Jack vier Jahre alt war, hat der Vater die Mutter mit einem Messer getötet, und sie verwandelte sich nicht. Jack hat zugesehen und hat gewartet, dass seine Mutter sich verwandle und ihn mit sich nehme. Er wollte nicht allein sein mit dem Vater, nein, das wollte er nicht.

Der Vater ging, nachdem er gemordet hatte, in die Stadt, weil er noch dies und das zu erledigen hatte, und kam nach einer Stunde oder zwei Stunden wieder, und als er den kleinen Jack sah, der immer noch neben seiner toten Mutter hockte und wartete, dass sie sich verwandle und ihn mitnehme, und weinte und auf die Augen seiner Mutter spuckte, damit sie sich wieder öffnen sollten, da sagte der Vater:

»Was spuckst du auf die toten Augen deiner Mami, Jacky? Davon wird sie nicht lebendig.«

»Ich will es wenigstens versuchen«, sagte Jack.

»Man soll nicht etwas versuchen wollen, das nicht funktioniert, Jack. Das nimm dir als Lehre mit in dein Leben. Und jetzt lächle, Jacky!«

»Papa, ich kann doch nicht lächeln«, schluchzte Jack.

»Versuch es, Jacky, versuch es!«

»Man soll nicht etwas versuchen, das nicht funktionieren kann, Papa. Das hast du doch gesagt«, sagte Jack und weinte.

»Warum denn so ernst, Jacky?«, spottete der Vater. »Lächle mich an, ich bin dein Vater.«

»Aber, Papa, die Mama ist tot, da kann ich nicht lächeln.«

»Aber ich, ich lebe, lächle, Jacky, lächle!«

Das konnte Jack aber nicht. Es ging einfach nicht. Seine Backen waren nicht auseinanderzubringen. Und der Mund war nicht auseinanderzubringen. Und wenn das nicht geht, dann geht Lächeln nicht. Und Lachen schon gar nicht. Nur spucken, das geht. Auf die Augen der Mama spucken geht.

Der Vater sagte wieder, und nun schrie er, so laut schrie er, dass alle Vögel ringsum aufflogen: »Du sollst nicht spucken, Jack! Dein Lächeln zeigen sollst du mir! Das würde ich so gern sehen.«

Aber genau das konnte Jack nicht.

Und weiter schrie der Vater und begann nun gar zu singen und zu tanzen: »Dein Lächeln will ich seh'n, Jacky! Will ich seh'n, will ich seh'n, will ich seh'n, seh'n, seh'n!«

Aber Jacky konnte nicht lächeln, zu traurig war er. Da zog der Vater abermals das Messer aus dem Gürtel und sagte: »Zaubern wir ein Lächeln auf dieses Gesicht!«, und schnitt seinem Söhnchen ein Lächeln ins Gesicht, weil er sich ein Lächeln in diesem Gesicht doch so sehr wünschte. Er schnitt tief in beide Backen hinein bis unter die Ohren hinauf. Nun war es kein Lächeln, nun war es ein Lachen.

Jetzt lachte Jack, auch wenn er weinte, und er würde lachen, bis zu seinem Tod.

Als Jack groß war, wurde er ein böser Mann. Wie alle Männer in seiner Familie wurde auch er ein böser Mann. Er machte Purzelbäume und übte Flanken über parkende Autos, er färbte sich die Haare grün und schminkte sich das Gesicht weiß und malte sich den Mund rot. Der Mund reichte von einem Ohr zum anderen. Und die Menschen dachten: Wie kann einer so böse sein, der doch so breit lacht? Geht das?, fragten sie sich. Und sie sagten: Es geht, es geht, es geht, geht, geht.

Die Haut und die Haare und das Fleisch seiner toten Mutter waren verdorrt und zerfallen zu kleinen Krümeln, die der Wind über die Stadt verteilte. Die Tauben hatten die Krümel aufgepickt, und sie flatterten über Jacks Kopf, und sie riefen auf ihn hinunter:

Gru-gru, gru-gru,
der Himmel macht zu,
der Joker lacht
in Kälte und Nacht,
sein Mund ist rot
bis hin zum Tod,
die Haare sind grün,
die Augen glüh'n,
die Hölle bist du,
gru-gru, gru-gru.

Jack sang gern ein Lied, wenn er Böses tat. Sein liebstes Lied war *Cold, Cold Heart* von dem amerikanischen Countrysänger Hank Williams, das sang er auch, als er einmal einen Revolver vom Boden auflas und auf den Mann zuging, der sein Feind war und der unbewaffnet war und an einen Laternenpfahl gefesselt. Er presste seine Stirn gegen die Stirn seines Feindes, und die Zuseher meinten, gleich wird er ihn erschießen. Er drückte die Mündung an die Schläfe des Feindes, aber dann drückte er sie an seine eigene Schläfe, und es machte nur Klick. Dabei sang er *Cold, Cold Heart* und lachte zwischen den Strophen, einmal auf »Hi-hi«, einmal auf »Ho-ho«, einmal auf »Ha-ha«, einmal auf »He-he«, aber er lachte auch, während er sang, weil er ja immer lachte, bis hinauf zu den Ohren.

Einmal sagte er: »Ich bin ein Hund, der Autos nachjagt. Ich wüsste gar nicht, was ich machen sollte, wenn ich eines erwische.«

Einmal hat ihn der Feind hochgehoben, er wollte ihn gegen eine Wand werfen, es war in einer Kirche, da hat

Jack alle viere von sich gestreckt wie eine Marionette, wenn an den Fäden gezogen wird, und er hat sich vorgebeugt und dem Feind die Nase abgebissen und sie ihm in den Mund gespuckt, als er den Mund vor Schmerz aufriss.

Einmal saß Jack Gangstern gegenüber, und einer wollte ihm den Kopf abschlagen, und ein anderer sagte: »Nenn mir einen Grund, warum ich ihm verbieten sollte, dir den Kopf abzuschlagen!« Da sagte Jack: »Wie wäre es mit einem Zaubertrick?« Und er stellte einen Bleistift auf den Tisch, sodass er wie ein kleiner Obelisk war, und sagte: »Ich lasse diesen Bleistift verschwinden.« Da sprang einer der Gangster auf und wollte ihm etwas tun. Aber Jack war schneller, er packte den Mann am Genick und schlug seinen Kopf auf den Tisch, sodass der Bleistift in seinem Gesicht verschwand. »Der Bleistift ist verschwunden«, sagte er.

Einmal sagte er: »Alles, was einen nicht umbringt, macht einen komischer.«

Einmal sagte einer: »Du bist verrückt.« Da antwortete Jack: »Nein, bin ich nicht. Bin ich nicht.«

Einmal sagte er: »Das Chaos ist fair.«

Einmal sagte er: »Also!« Das sagte er von nun an immer, bevor er sich anschickte, Böses zu tun.

Die Tauben schissen die Krümel aus und flatterten über Jacks Kopf, und sie riefen:

Gru-gru, gru-gru,
die Hölle bist du,
der Joker lacht,
hat Elend gebracht,
die Schuld ist bezahlt,
sein Herz ist kalt,
der Himmel macht zu,
gru-gru, gru-gru.

# *Die Legende von Levi und dem Bettler*

Levi war kein Mann von gutem Charakter, er war böse, unbarmherzig, grausam, plump. Levi war es, der dafür plädiert hatte, Josef, den Bruder, zu töten. Aus Eifersucht. Weil Josef der Liebling Jakobs war, des Vaters. Weil Josef seine Brüder immer wieder mit seiner Klugheit demütigte. Ruben dagegen war es, der die Brüder vom Mord abhielt und sie überredete, ihn in einen Brunnen zu werfen. Warum stammte Moses, der Erlöser Israels, nicht aus dem Stamme Ruben, sondern aus dem Stamme Levi? – Die Pläne Gottes sind unergründlich, wir können nicht wissen, was seine Motive sind. Was aber nicht heißt, dass man nicht suchen und forschen darf. Und so hat man gesucht und geforscht und eine Geschichte gefunden.

Als die große Hungersnot war, schickte Jakob seine Söhne nach Ägypten, um bei dem sagenhaften Vizekönig des Pharao Korn zu kaufen. Die Brüder wussten nicht, dass dieser Vizekönig ihr verschollener Bruder Josef war. Josef gab ihnen Getreide, aber er behielt einen von ihnen als Geisel, Schimeon, den steckte er ins Gefängnis, Levis Lieblingsbruder.

Als die Brüder wieder nach Hause kamen, quälte Levi die Sehnsucht nach Schimeon so sehr, dass er sein ganzes Hab und Gut, seine Kamele, Rinder, Ziegen, Schafe, seine Diener, seine Mägde, alles, was er besaß, verkaufte und eintauschte – gegen eine Perle, eine einzige Perle.

Es war jene Perle, die der Urvater Abraham ein Leben lang an einer Kette um den Hals getragen hatte. Als ihm Gott die Welt zeigte und den Himmel, als er mit ihm zwischen die Sterne geflogen war, da habe Abraham, im Vorbeiflug sozusagen, diese Perle mit der Hand aus dem Mond gebrochen. Wer in einer klaren Vollmondnacht genau hinschaut, der kann die Stelle sehen. Unvorstellbar wertvoll war diese Perle. Und sicher hat Levi den Besitzer übers Ohr gehauen, denn sie war hundertmal mehr wert als all seine Herden und sein ganzes Gesinde. Diese Perle wollte Levi nach Ägypten bringen und sie dem sagenhaften Vizekönig vor die Füße legen, damit er Schimeon ziehen lasse.

Levi machte sich allein auf den Weg, hatte nichts weiter bei sich als ein paar Brotfladen, ein Bündel Zwiebeln und einen Schlauch mit Wasser. Er ging zu Fuß, besaß kein Reittier mehr, hatte ja alles gegeben für die Perle. Die hatte er in seiner Tasche versorgt, eingeschlagen in ein Tuch. Als er in der Hauptstadt Ägyptens ankam, so heißt es, sei seine Seele bereits ein wenig geläutert gewesen, da sei er schon nicht mehr durch und durch der hartherzige, böse Levi gewesen. Die Wüste ist dem Einsamen eine Zuchtmeisterin.

Levi hatte gerade das Stadttor durchschritten, da sprach ihn ein Bettler an. Solche Bettler saßen zu Hunderten in der Stadt und streckten ihre Hände nach den Fremden aus, und nur wer noch nie in der Stadt gewesen war und ihre Bräuche nicht kannte, gab etwas, die anderen sagten sich: Freilich bin ich ein gütiger Mann, freilich gebe ich einem Bedürftigen, aber es sind so viele, ich müsste, um gerecht zu sein, allen etwas geben, aber das kann ich nicht, dafür bin ich nicht reich genug, aber bevor ich ungerecht bin, will ich lieber keinem etwas geben. Levi setzte sich neben den Bettler an die Mauer und teilte mit ihm sein Brot. Daraus schließen jene, die sich über das Leben des Stammvaters Levi ihre Gedanken machen, dass sein Herz sich bereits ein wenig erwärmt hatte.

Die beiden aßen und tranken, verzehrten Levis letztes Brot, verzehrten Levis letzte Zwiebeln.

Schließlich fragte der Bettler: »Was willst du hier in der Hauptstadt Ägyptens?«

»Ich will etwas Gutes tun«, antwortete Levi.

»Dein Blick ist nicht der eines Mannes, der schon viel Gutes in seinem Leben getan hat«, sagte der Bettler. »Deine Augenbrauen sind zusammengezogen, deine Stirn ist gefurcht, deine Mundwinkel deuten nach unten, du hast noch nicht ein Mal gelacht, und wir sitzen immerhin schon fast eine Stunde hier zusammen.«

Und weil es so angenehm war, im Schatten einer Hauswand zu sitzen und auf den Abend zu warten, und weil dieser Bettler einen so vertraulichen Ton in der Stimme hatte, dass man meinen konnte, er kenne einen schon lange und wundere sich über nichts und sehe einem alles nach, darum begann Levi zu erzählen.

Levi erzählte dem Bettler sein ganzes Leben. Er ließ nichts aus. Erst in der Erzählung begriff er, dass sein Leben ein böses Leben gewesen war, und er begriff, wie aus einem Leben ein böses Leben werden kann. Es ist ganz einfach, dachte er und war doch erstaunt darüber, man hat etwas kleines Böses getan, und es ist nichts geschehen, das Leben ist weitergegangen, das kleine Böse hat nicht die geringste Spur hinterlassen, und darum glaubt man, es war gar nicht so sehr böse, und dann glaubt man, es war gar nicht böse, und irgendwann glaubt man, es war gar nicht. Und dann folgt das nächste kleine Böse, und alles wird genauso. Und noch etwas wurde ihm klar: Alles Gelebte, auch das Böse, kann in Augenblicke zerteilt werden. Das aber heißt: Etwas, das im Abstand als etwas großes Böses gesehen werden muss, wie Levis Vorschlag, den Bruder Josef zu töten, oder als er die Brüder aufgehetzt hatte, bei Nacht in der Stadt Schechem einzufallen und alle Männer zu töten –, auch diese großen bösen Taten können als aus winzigen Teilen bestehend gesehen werden, und es ist ganz leicht, diese Teile in ihrer Betrachtung und Beurteilung so klein zu machen, bis ein jedes, für sich genommen, nur noch ein winzig kleines Böses ist, das keiner Entschuldigung mehr bedarf, weil gar keine Schuld daraus entstehen kann. Erst als er sein Leben dem Bettler erzählte, sah Levi ein, wie schwer es ist, kein böses Leben zu führen, eben weil das Leben selbst aus lauter winzigen Augenblicken besteht, in lauter winzig kleinen Schritten passiert, die, jeder für sich genommen, keiner Entschuldigung bedürfen, die nicht die geringste Spur hinterlassen, sodass man glauben darf, es war gar nicht so sehr böse, was man getan, gesagt oder empfunden hat, und dann glaubt, es war gar nicht böse, und irgendwann behauptet, es war gar nicht. Eben bis man eines Tages das ganze Leben vor sich sieht, wie es Levi sah, als er dem Bettler sein Leben erzählte und ihm nun von seiner eigenen Erzählung bewiesen wurde, dass das Böse eben doch eine Spur hinterlassen hatte, nämlich sein Leben selbst.

»Du hast mir eine lange Geschichte erzählt«, sagte der Bettler. Da war es schon weit über Mitternacht. Sie saßen immer noch im Staub der Straße, den Rücken an die Mauer gelehnt. Und der Bettler sagte: »Ich möchte dich etwas fragen: Weißt du, was Glück ist?«

Levi antwortete: »Natürlich weiß ich, was Glück ist. Jeder weiß es, auch wenn es keiner definieren kann.«

»Und warum, glaubst du, kann es keiner definieren?«

»Was nützt es mir, wenn ich weiß, was Glück ist, und nicht glücklich bin. Was schadet es mir, wenn ich nicht weiß, was Glück ist, aber glücklich bin?«

»Warst du in deinem Leben schon glücklich?«

»Das wird schon sein.«

»Wie oft?«

»Ich weiß es nicht.«

Der Bettler ließ Levi Zeit. Nach einer Weile sagte Levi: »Nein, ich glaube, ich war noch nie glücklich in meinem Leben.«

Da fragte der Bettler: »Willst du das Glück kaufen?«

»Ich wusste nicht, dass man das Glück kaufen kann«, sagte Levi und lachte, aber es war kein Lachen, das der Bettler als solches gelten ließ. »Ist Ägypten so reich, dass man hier sogar das Glück kaufen kann? Warum kauft es nicht jeder?«

»Es liegt am Preis. Das Glück ist unbeschreiblich teuer, ich habe noch nie einen getroffen, der es bezahlen konnte.«

»Und warum denkst du, ich könnte es bezahlen?«

»Sein Preis ist die Perle, die dein Ahne Abraham vom Mond gepflückt hat«, sagte der Bettler.

»Dann muss ich auf das Glück verzichten«, rief Levi aus. »Ich will nämlich mit dieser Perle meinen Bruder aus dem Gefängnis loskaufen.«

Sie erhoben sich und reichten einander die Hand zum Abschied. Der Bettler ging als Erster. Levi blieb noch stehen. In winzig kleinen Schritten näherte sich ihm ein Gedanke. Das Glück, dachte er. Ja, es ist wahr, was der Bettler sagte, man muss sich die Frage stellen: Was ist das Glück? Nein, es ist nicht richtig: Man darf sich nicht darauf hinausreden, jeder wisse, was das Glück sei, aber keiner könne es definieren. Man muss es wenigstens versuchen, man muss wenigstens eine Antwort versuchen.

Er rief dem Bettler nach: »He, warte!«

Der Bettler blieb stehen, stellte sein Bündel neben sich ab. »Was ist?«

»Weißt du, was das Glück ist?«, fragte Levi.

»Ja, ich weiß es.«

»Dann sag es mir!«

»Ich kann es dir nicht sagen, aber ich kann es dir zeigen.«

Der Bettler führte ihn in einen Palast. Der Tisch war gedeckt. Für zwei Personen. Der süße Geruch des Kuchens erfüllte den Raum. Der Tee duftete. Und in dem Palast stand ein Thron. Und auf diesen Thron setzte sich der Bettler.

»Das alles gehört mir«, sagte der Bettler. »Gib mir die Perle, dann gebe ich dir das Glück.«

»Ich gebe dir meine Perle nicht«, sagte Levi. »Damit will ich meinen Bruder Schimeon freikaufen. Lass mich das Glück nur anschauen, mehr will ich nicht.«

»Ich kann es dir nur zeigen, wenn du die Perle in meine Hand legst«, sagte der Bettler.

»Das heißt, ich lege sie dir nur in die Hand?«

»Das heißt es.«

»Die Perle liegt in deiner Hand, aber sie gehört immer noch mir?«

»So ist es.«

Da griff Levi in seine Tasche und holte die Perle heraus. Er wickelte sie aus dem Tuch, fühlte sie zwischen den Fingern. Betrachtete die Perle. Und legte sie in die offene Hand des Bettlers. Der gewiss kein Bettler war.

»Und jetzt das Glück«, sagte Levi.

»Glaubst du wirklich, du kannst das Glück anschauen, ohne dass du es besitzen willst?«, fragte der Bettler.

»Ich weiß nicht«, stammelte Levi. »Ich weiß es doch nicht.«

»Aber ich weiß es«, sagte der Bettler. »Niemand kann das Glück anschauen, ohne dass er es besitzen will. So hat Gott den Menschen nun einmal geschaffen.« Der Bettler öffnete seine Hand und hielt sie Levi hin. »Nimm die Perle zurück«, sagte er. »Verknote sie wieder in dein Tuch! Stecke sie in deine Tasche zurück und geh!«

Aber Levi dachte bei sich: Wenn Gott den Menschen nun einmal so geschaffen hat, was will sich da ein kleiner Mensch wie ich dagegenstellen? Und er dachte: Im Grunde genommen ist es nur eine Perle. Niemand sieht dieser Perle an, dass sie unser Urahn Abraham vom Mond gebrochen hat, niemand sieht dieser Perle an, dass er sie sein Leben lang an einer Kette um den Hals getragen hat. Die Perle sieht aus wie eine gewöhnliche Perle. Wie die Perlen, die es zu Hunderten hier auf den Märkten zu kaufen gibt. Der Vizekönig wird mich auslachen, wenn ich sie ihm vor die Füße lege. Niemals wird er Schimeon für diese Perle aus dem Gefängnis lassen. Er wird sagen, ich sei ein unverschämter Kerl. Er wird nicht nur Schimeon nicht aus dem Gefängnis lassen, er wird mich zu ihm sperren! Was war ich doch für ein Esel! Für dieses elende kleine Ding habe ich mein ganzes Hab und Gut hingegeben. Was bin ich doch übers Ohr gehauen worden! Und ich dachte, ich hätte übers Ohr gehauen! Ich bin der ärmste, unglücklichste Mann auf der ganzen Welt! Ich habe nichts, das ist die Wahrheit. Ich habe nichts. Dieser hier bietet mir für dieses Nichts das Glück. Was braucht einer, der nichts hat, der nichts ist, was braucht der, um seinen Bruder aus dem Gefängnis des ägyptischen Pharaos freizubekommen? Er braucht vor allem Glück!

Und Levi sagte zum Bettler: »Behalte die Perle, gib mir das Glück!«

Der Bettler legte die Perle in einen Mörser und zerstampfte sie zu Staub.

»Was tust du!«, schrie Levi. »Meinen ganzen Besitz hast du zerstört!«

Der Bettler sagte: »Was ist das? Staub ist das.« Er streute den Staub über den Tee und sagte: »Trink davon und lach!«

*Nataša Dragnić*

# *Die Reise nach Indien*

# *Die Reise nach Indien*

Es war einmal ein einfacher armer grauhaariger bartloser Mann, der ging eines Tages in seinen riesengroßen, bunkerartigen Keller und lachte.

Er nannte ihn seinen Keller, obwohl er ihm nicht gehörte. Nie gehört hatte, nie gehören würde. Und das war in Ordnung für ihn. Er nahm das Leben an, wie es kam. Er verstand die Welt nicht. Und das war auch in Ordnung.

Es war einmal ein riesengroßer, bunkerartiger Keller, der war voller außerordentlicher, grandioser Gemälde. Man nannte sie Kunst. Man nannte sie abartige, feindliche Kunst. Der einfache arme grauhaarige bartlose Mann verstand das nicht. Er verstand weder die Gemälde noch die abartige Feindlichkeit oder feindliche Abartigkeit. Man nannte ihn Herr F, einfach so. Er wusste nicht, warum, sein Name war weder besonders lang noch besonders schwierig auszusprechen. Aber er sagte nichts, er fand auch das in Ordnung.

Solange er jeden Morgen in seinen Keller, der nicht seiner war, gehen und auf die Bilder und ihre Kunst aufpassen durfte, wäre das in Ordnung, dachte er, noch bevor er das Museum überhaupt betreten hatte.

Der Cousin eines Cousins seines Cousins war es gewesen, der ihm die Stelle vermittelt hatte. Gleich nach der Revolution. Die Revolution war keine schöne Sache, Herr F hatte daran nicht aktiv teilgenommen, aber er hatte seine Türe für die Verschwörer geöffnet, nicht weit, aber sie hatten dennoch den Weg zu ihm gefunden. Die Revolution fand immer ihren Weg. Er hatte ihnen Brot und Wasser und Wein angeboten. Kochen konnte er nicht, und seine Mutter hatte sich geweigert, für die »Verbrecher«, so hatte sie sie genannt, am Herd zu stehen. Seine Mutter liebte den Kaiser, aber vor allem liebte sie die Kaiserin. »Wir sind gleich alt«, sagte sie stolz vor dem Spiegel stehend, damals, und heute immer noch, aber heute nicht mehr so oft und nicht mehr so laut, und der Spiegel spielte keine Rolle mehr. Ihr Mann war einige Jahre vor der Revolution bei einem Autounfall ums Leben gekommen. Er hatte zu lange nach einem Minirock geschaut, hatten die Leute in ihrer Abwesenheit erzählt. Auf Herrn F hatten sie keine Rücksicht genommen. Er war schließlich auch ein Mann und schon erwachsen. Er hatte geschwiegen, denn weinen wollte er nicht, und lachen – na ja, Lachen war ein ganz anderes Thema.

Es war einmal eine wunderschöne junge Kaiserin, die baute für ihr hungriges Volk ein gigantisches, prächtiges Museum und füllte es mit unfassbaren, überwältigenden Kunstwerken aus aller Welt. Die Eröffnung dauerte drei Tage und drei Nächte, und an den Kosten wurde nicht gespart. Es wurde spärlich gekleidet getanzt und unverständlich vorgetragen und ehrlich gestaunt. Der Kaiser zeigte, wie wenig er von der Leidenschaft seiner Frau verstand, sodass Fotografen ihre Kameras abgeben mussten. Die Kaiserin lächelte zufrieden und tauschte Küsschen links, Küsschen rechts mit schon weltberühmten und noch völlig unbekannten Künstlern, deren Namen unter den großartigen Gemälden standen, verstreut in alle neun Galerien des Gebäudes. Sie kokettierte mit den symbolischen Darstellungen des Lebens auf den Leinwänden, nicht selten schloss sie die Augen und öffnete leicht den Mund, ließ die Arme hängen, als wollte sie sagen: So, liebe Untertanen, begegnet man der modernen Kunst! Nur so kann man sie verstehen! Es war ein überwältigendes Fest mit Rot als dominierender Farbe. Ob das ein schlechtes Omen war? Schon möglich, denn: Danach kam das Volk. Es kam, sah und blieb hungrig. Also hatte es keine Wahl, als zu erwachen, aufzustehen, zu protestieren und den Kaiser samt Kaiserin und ihren Kindern aus dem Land zu fegen.

Und das Museum zu schließen.

Beziehungsweise alle Werke ausländischer Künstler in den Keller zu verbannen und das Volk nur noch mit heimischen Meisterwerken zu füttern. Der Hunger wuchs, die Erwartungen auch.

Es war einmal ein kostbarer Keller, der brauchte einen tüchtigen Wächter. Also wurde der Cousin eines Cousins des Cousins von Herrn F beauftragt, diesen tüchtigen Wächter zu finden. Und so kam es, dass eines Morgens Herr F früher als sonst aufstand, seinen besten Anzug aus dem Schrank nahm und hineinschlüpfte – aber erst, nachdem die Mutter ihn gründlich gebürstet hatte. »Was hast du in einem Museum zu suchen? Du weißt nichts davon«, murmelte die alte Frau, während sie um ihn herumlief und an seinem Anzug zupfte. »Was hast du mit den Bildern der Kaiserin zu tun? Die Kaiserin war eine Frau von Welt, die Kaiserin kannte jeden und wusste alles, und jetzt willst ausgerechnet du dich um ihre Bilder kümmern?« Sie wurde immer lauter, ihr Zupfen heftiger, er spürte ihre Berührungen wie Schläge. Aber er sagte nichts, legte lediglich den Finger auf die Lippen, denn die Kaiserin durfte man jetzt – wenn überhaupt – nur schimpfend erwähnen. Die Mutter sah das nicht ein, sie war ein treuer Mensch, der dennoch von der Kaiserin in der Vergangenheit sprach. »Wenn die Kaiserin nicht hier sein darf, dann ist sie wie tot, das überlebt sie nicht, meine arme Kaiserin.« Nicht selten weinte sie nach diesen Worten. Herr F nahm die Hände seiner Mutter und drückte sie fest. Mehr konnte er nicht für sie tun. »Ich bin auch eine Revolutionärin«, meinte sie, Tränen hin oder her. »Ich kämpfe auch, für meine Kaiserin.« Die Mutter hielt den Kopf hoch im Leben. »Denk immer daran, es gehört der Kaiserin, egal, was diese Leute sagen«, sagte sie und nickte, mit seinem Anzug – aber auch nur dem Anzug – zufrieden. Herr F schwieg und sah vor sich hin. Dann machte er sich zu Fuß auf den Weg zum Museum, er ging langsamen Schrittes, er wollte nicht verschwitzt und staubig ankommen.

Der Cousin eines Cousins seines Cousins und sein Cousin warteten schon vor dem Gebäude. »Bin ich zu spät?«, fragte Herr F besorgt und dachte, dass er vielleicht doch den Bus hätte nehmen sollen. Aber es war, wie es war, und das war in Ordnung, vor allem, weil er nicht zu spät kam. Also rauchten sie alle zusammen noch eine Zigarette, Herr F schwieg und hörte den zwei Männern zu, die sich zwischen zwei Rauchwolken gegenseitig die Welt erklärten. Der Cousin eines Cousins seines Cousins erzählte einen Witz, aber lediglich der Cousin lachte. Der Witzerzähler deutete auf Herrn F: »Was ist denn mit dem los?« Der Cousin verzog das Gesicht. »Vergiss es, er ist so.« Der andere schielte misstrauisch zum künftigen Museumswächter hinüber. Herr F dachte, irgendwann würde es vorbei sein, und jeder würde es wissen, und er würde seine Ruhe haben. Und er dachte noch: Hohlkopf. Fühlte dabei nichts und machte seine Zigarette aus.

Dann war es endlich so weit, und sie saßen alle im Büro des neuen Museumsdirektors.

Es war einmal ein kleiner dicker Mann, der wollte ein großer, berühmter Künstler sein. Aber niemand kaufte seine Bilder, und er wurde ein großer, bedeutender Revolutionär. Viele kannten seinen Namen, und er hätte ein großer, bedeutender Minister werden können, hätte der talentlose Maler in ihm nicht immer noch geweint und geschmollt und sich verkannt gefühlt. Also: Museumsdirektor. Was für eine Macht! Er würde jetzt derjenige sein, der entschied, was gut und der Wand im Museum würdig sei. Er nahm sofort zehn Pfund zu und musste zwei neue Anzüge kaufen. Was für ein Glück!

Der kleine dicke Museumsdirektor las in einem hohen Stapel Unterlagen, blickte nicht zu den drei Männern, denen er lediglich mit einer irritierten Handbewegung angedeutet hatte, sie dürften sich setzen. Herrn Fs Hände fingen an zu schwitzen. Auch sein Hemd klebte schon an seinem Rücken. Das Telefon klingelte, der Direktor antwortete, sagte aber nicht viel, ein paarmal »Ja«, einmal »Nein«, einmal lachte er kurz auf – was Herrn F erschreckte –, und schon legte er auf. Dann warf er plötzlich einen dünnen Ordner auf den Boden, Blätter flogen herum. Er stemmte beide Ellenbogen auf den massigen Schreibtisch und sah seine Gäste an.

»Sie wollen also der Museumswächter sein«, sagte er schließlich mit einem spöttischen Lächeln, das seine ungeraden Zähne entblößte. Sein Blick wanderte von einem Mann vor ihm zum anderen. Herr F traute sich nicht zu sagen, dass seine Mutter derselben Meinung sei.

Der Cousin eines Cousins seines Cousins räusperte sich und sagte mit einer klaren Stimme, die Vertrauen weckte: »Herr Direktor, Sie werden es nicht bereuen, er ist zuverlässig und weiß zu schweigen.« Und er zeigte eindeutig auf Herrn F, sodass kein Rückzug mehr möglich war. Die schmalen Augen des Direktors hinter der großen Brille mit dem massigen Rahmen fanden schnell den Weg zu Herrn F und blieben bei ihm. »Stehen Sie auf«, sagte der Direktor, und Herr F stand auf.

Die Stille dauerte ewig.

Herr F bemühte sich darum, ausgeglichen zu atmen, und um geordnete, unauffällige Gedanken – denn plötzlich hatte er das beängstigende Gefühl, der kleine dicke Mann könne seine Gedanken lesen. Er dachte an seine Mutter.

Er dachte an ihre Worte. An die Kaiserin, die ein Tabu war. An die Mutter im Gefängnis mit anderen Anhängern der Kaiserin. Er errötete. Er dachte an das Bild der Kaiserin in der obersten Kommodenschublade seiner Mutter.

»Tragen Sie eine Brille, Herr …? Wie war noch mal Ihr Name?«

»Ich heiße Fir…«

»Aber alle nennen ihn einfach Herr F, Herr Direktor«, unterbrach ihn sein Cousin.

Wieder Stille.

Herr F dachte schon, alles wäre vorbei.

»Tragen Sie eine Brille, Herr F?« Diesmal ungeduldig. Die schmalen Augen noch schmaler.

»Meinen Sie eine Lesebrille?« Zeit gewinnen, die richtige Antwort erraten.

Nur ein Kopfnicken, nichtssagend.

»Nein, Herr Direktor, meine Augen sind …« Sein Blick fiel auf die Brille auf der Nase des Direktors, und er verstummte. Aber es war klar, was er hatte sagen wollen. Er schluckte trocken. Die Mutter, die Kaiserin, die Angst. Das also war sein Leben.

»Hm, das ist ungünstig. Schlechte Sicht wäre von Vorteil.« Sein Blick wurde nachdenklich.

Und wieder herrschte Stille.

Herr F stand immer noch, tat sein Bestes, sich nicht zu bewegen. Verwünschte seine gesunden Augen.

»Herr Direktor, Sie können sich auf ihn verlassen, er wird schweigen wie ein Grab.«

Herr F wurde blass. Er verstand nicht, worum es hier ging. Er dachte, er würde einfach Bilder und Skulpturen der Kaiserin – oh mein Gott, Schluss damit! – bewachen müssen, von einem Raum in den anderen gehen, langsam, bedacht, und auf die Besucher achten. So hatte er sich das vorgestellt. Und jetzt plötzlich sollte er am besten blind sein!

Es war einmal ein einfacher armer grauhaariger bartloser Mann, der hatte gute Augen und trug keine Brille und bekam dennoch eine Stelle im Museum für moderne Kunst der Kaiserin, die keine mehr war, die es nicht mehr gab.

»Gut, wir versuchen es.«

Das war es.

Am nächsten Tag musste er schon um sieben Uhr im Museum sein. »Sei vorsichtig, das ist das Werk der Kaiserin, benimm dich, mach mir keine Schande …« Und so weiter. Herr F ließ die Mutter mitten im Satz mitten im Zimmer stehen und ging zur Arbeit.

Und die Arbeit führte ihn in den Keller. Und da blieb er.

Herr F hatte noch nie einen Bunker gesehen, aber so stellte er sich einen Bunker vor, lediglich kleiner und niedriger. Als die Tür aufgemacht wurde und er die lange Betontreppe vor sich sah, spürte er ein Lachen in sich aufsteigen. Zuerst wusste er nicht, dass es ein Lachen war, Herr F lachte nämlich nicht, er hatte noch nie gelacht. »Mit diesem Kind stimmt etwas nicht«, hatte die Mutter schon vor Jahren gesagt, als sein Vater noch regelmäßig zum Essen nach Hause kam und Miniröcke noch nicht in Mode waren. Die Kinder in seiner Straße hatten den Jungen F misstrauisch angesehen, wollten ihn den Ball erst spielen lassen, wenn er lachte. Er tat es aber nicht. Er konnte nicht. Er wusste nicht, was das überhaupt hieß und wie man es machte. Wie lachte man?, fragte er sich dann viel später. Und warum?

Es war einmal ein einfacher armer grauhaariger bartloser Mann, der lachte nie und der bekam unerwartet eine Stelle als Wächter im Museum für moderne Kunst.

Als Herr F am Absatz der Betontreppe stand, die schattige Tiefe vor sich sah und diese seltsame Sensation in sich aufsteigen spürte, nicht wusste, wohin mit ihr, unfähig war, sie zu benennen, sie einzuordnen, dachte er, dass es gut war, dass der Direktor nichts davon ahnte. Von seiner Unfähigkeit. »Er ist ein Hohlkopf«, hatte die Mutter ihrer Schwester beim Kaffeetrinken zugeflüstert, aber er hatte es gehört. Denn nicht nur seine Augen waren sehr gesund.

Der stellvertretende Direktor begleitete ihn, sagte aber nicht viel. Er führte ihn die Treppe hinunter in einen riesigen Raum, der lediglich der erste in der langen Reihe solcher Räume war. »Wir haben erst gestern mit dem Umzug der Bilder begonnen«, sagte der stellvertretende Direktor, ließ die Mundwinkel hängen zum Zeichen seiner Unzufriedenheit, als wollte er Herrn F sagen: Wundern Sie sich nicht, dass nur wenige Gemälde an den Wänden lehnen. »Heute kommen aber zusätzliche Arbeiter, es wird jetzt schnell gehen.« Dann sah er Herrn F unvermittelt an. »Jetzt sind ja auch Sie da, um auf sie aufzupassen.« Herr F nickte kurz. Und schon wieder ergriff den neuen Wächter dieses unaufhaltsame Gefühl, wie eine gewaltige Flut, und er biss die Zähne zusammen, mit aller Kraft biss er den Kopf dieses Monsters ab, das ihn zu ersticken drohte wie steigendes Wasser. Ihn verraten wollte. Er räusperte sich, sagte aber nichts. Der stellvertretende Direktor, der nicht einmal seinen Namen genannt hatte, so wichtig war ihm der Wächter, sah ihn einen Augenblick erwartungsvoll an, fuhr sich dann mit den Fingern durch das dichte Haar. »Na gut. Sie haben verstanden?« Herr F erwiderte nichts. »Holen Sie sich von oben einen Stuhl, auch einen Tisch, wenn Sie wollen. Hauptsache, Sie fassen nichts an. Und lassen niemanden etwas anfassen.« Herr F schwieg immer noch. »Lesen Sie?« Wieder sah er ihn unvermittelt an. Als das Schweigen unerträglich wurde, sagte Herr F: »Ja, ich kann lesen.« Der Blick des stellvertretenden Direktors blieb eine Weile an ihm hängen, dann schüttelte er den Kopf, und Herr F war sich sicher, dass er dachte, er, Herr F, der neue Wächter, sei ein Hohlkopf.

Es war einmal ein junger stellvertretender Museumsdirektor, der dachte, der neue Sicherheitsmann sei offensichtlich ein Idiot, der zwar lesen konnte, es aber nicht tat. Er beschloss, noch vor der Mittagspause nach Hause zu gehen, mehr Dummheit war er an dem Tag nicht bereit zu ertragen. Seinem Chef würde er sagen, er fahre zu seiner Geliebten. Innerlich lachte er, denn natürlich würde er ihm das *nicht* sagen – selbst, wenn er eine Geliebte hätte. Der stellvertretende Direktor war glücklich verheiratet, und seine Frau war mit ihrem dritten Kind schwanger, und die Revolution hatte seiner Familie das Leben leichter gemacht. Er hatte jetzt diese prestigeträchtige Stelle im Museum, in einem toten Museum zwar, aber wer weiß, das konnte sich noch ändern. Der stellvertretende Direktor war kein Mann der Künste, er verstand nichts davon, aber er war jung genug, um neugierig zu sein. Er sah eine großartige Zukunft vor sich.

Er ließ den neuen Wächter im ersten Lagerraum stehen und eilte in die Galerie 2 des Museums, die heute weggepackt werden musste. Hoffentlich waren die Neuen schon da, und hoffentlich waren sie fleißig, sonst würden sie es diese Woche nicht schaffen, dachte er, als er die Kellertür hinter sich zumachte. Und den neuen Angestellten vergaß.

Es war einmal ein einfacher armer grauhaariger bartloser Museumswächter, der stand allein und verlassen in einem großen unterirdischen Raum des Museums und wusste nicht, was er zu tun hatte. Zuerst sollte er wahrscheinlich einen Stuhl, wenigstens einen Stuhl, herunterbringen, denn der Tag war lang. Dann vielleicht auch einen Tisch, einen kleinen, für seine Brotzeit. Aber als Nächstes war dieses Gefühl dran, dieses erstickende Gefühl, das ihn immer noch gefangen hielt, ihn zu erdrücken drohte, als würde eine Wassermasse auf ihm lasten.

Als Herr F acht Jahre alt war, war er mit seinen Eltern ans Meer gereist. Er hatte zwar schnell gelernt, nicht unterzugehen, aber die Angst vor dem Wasser war geblieben. Während alle sich darin leichter fühlten, empfand er jeden Tropfen als ein zusätzliches Gewicht. Dazu kam noch, dass sich alle schon am Strand, aber vor allem im Wasser äußerst ausgelassen und sorgenfrei aufführten, dass sie ständig lachen mussten. Nur das Kind F nicht. »Etwas stimmt nicht mit diesem Kind«, hatte die Mutter öfter als sonst in jenen Sommertagen gesagt, und niemand hatte ihr widersprochen.

Und jenes Gefühl der schweren Wasserlast überrollte ihn jetzt in diesem Untergrund, der plötzlich zu seinem Leben geworden war.

Er rang nach Luft. Er fasste sich an die Brust. An die Kehle. Er machte den Mund ganz weit auf. Er beugte sich vor, stützte sich mit den Händen auf den Knien ab. Er ließ den Kopf hängen. Pfeifende Geräusche entflohen seinem gequälten Körper. Und als er schon dachte, das wäre es jetzt, er stürbe – passierte es: Er lachte. Zum ersten Mal in seinem Leben lachte er. Nicht jeder hätte es als Lachen erkannt oder bezeichnet, aber er wusste es ohne Zweifel.

Und er wusste, dass das ein Zeichen war. Ohne Zweifel.

Am ganzen Leib zitternd machte er einige Schritte auf die vier eingewickelten Gegenstände zu, die an der Wand gegenüber lehnten. Vorsichtig, mit dem ausgestreckten Zeigefinger, berührte er das größte Paket. Es überragte ihn in jeder Hinsicht. Er schätzte es auf zwei mal zwei Meter, nein, wahrscheinlich eher zweieinhalb mal zwei.

Es war einmal ein einfacher armer grauhaariger bartloser Museumswächter, der stand vor einem verpackten Gegenstand im Museumskeller und wurde neugierig. An seinem ersten Arbeitstag. Herr F konnte sich nicht erinnern, je neugierig gewesen zu sein. Oder je eine Vorahnung gehabt zu haben. Seine Finger wollten von diesem Objekt nicht lassen. Sanft glitten sie über das bräunliche Papier, in das es eingewickelt war. Sie spürten auch etwas Weiches darunter. Und darunter wiederum etwas Hartes. Er musste es wissen. Herr F musste es wissen.

Und plötzlich wurde ihm klar, dass sein erster Tag auch sein letzter werden konnte, wenn er seinen Fingern folgte. Also setzte er sich langsam neben dem Paket auf den Boden, rang nach Luft, versuchte, den aufsteigenden Schrei, der aber auch ein neuer Ausbruch von Lachen sein konnte, zu unterdrücken, zu ersticken. Die jähe Schwäche. Die ahnungslose Vorahnung. Ein Hohlkopf, hätte die Mutter gesagt. »Du bist lebensunfähig«, hatte sein Vater ihm ins Gesicht gesagt, kurz vor dem Unfall. Herr F hatte das nie verstanden. Er war weder traurig noch betroffen gewesen. Er war halt so, wie er war. Daran konnte er nichts ändern. »Wie willst du so eine Familie gründen?«, hatte die Mutter gefragt und wollte keine Antwort hören. Nicht dass Herr F eine gehabt hätte. Nicht dass er eine Familie hätte haben wollen. Er wusste nichts darüber. Er hatte keine Wünsche.

Er hatte nicht einmal lachen können.

Aber jetzt. Jetzt saß er auf dem kahlen Betonboden in einem Keller und hatte eine Stelle und trug Verantwortung für Kunstschätze, von denen er nichts ahnte noch wusste, noch hatte er sie gesehen.

Jetzt saß er auf dem kahlen Betonboden in einem Keller und hätte lachen können, wenn er nicht zu viel Angst gehabt hätte. Das Leben war überwältigend.

Wie viel Zeit er so verbrachte, wusste er nicht.

Dann hörte er die Tür aufgehen, sie war aus schwerem Metall und laut. Er wollte schnell aufstehen, es gelang ihm nicht, er fiel beinahe um, hielt sich am Paket neben sich fest. Ahnungslose Vorahnung. Viele Schritte waren zu vernehmen. Da dachte er, da sind sie schon, jetzt schmeißen sie mich raus. Der erste Tag, der letzte Tag. Ja, so schnell kann das gehen. Lebensunfähig.

»Was machen Sie hier?«, fragte ein Mann im Anzug. »Sind sie der Wächter?«

Herr F nickte.

»Wir bringen jetzt die Bilder runter, am besten Sie gehen zur Seite. Die sind sehr wertvoll.«

Das wusste Herr F schon. Deswegen war er auch da, hier, im Keller, weil die so wertvoll waren. Und er ging zur Seite. Jetzt wäre ihm der Stuhl, den er vergessen hatte zu holen, sehr gelegen gekommen.

Den ganzen Nachmittag brachten die Leute eingepackte Kunst in den Untergrund und verteilten sie auf verschiedene Räume. Der Mann im Anzug gab die Anweisungen. Herr F stand in einer Ecke im ersten Raum und schwieg, es fragte ihn auch keiner was.

Als wieder Ruhe herrschte, blieb er weiter in der Ecke stehen. »Das war es für heute«, hatte der Mann im Anzug gemeint, aber Herr F hätte nicht sagen können, ob das auch für ihn alles für heute war. Also wartete er. Herr F wartete, dass jemand käme und ihn nach Hause schickte. Den Stuhl hatte er immer noch nicht geholt. Die Beine schmerzten ihn irgendwann so sehr, dass er sich wieder auf den kahlen Boden neben seinem Paket setzte. So schnell war das sein Paket geworden. Er lehnte den müden Kopf daran. Er schlief ein. Sein Keller. Sein Paket. Sonst besaß Herr F gar nichts.

Es war einmal ein einfacher armer grauhaariger bartloser Museumswächter, der verbrachte die erste Nacht seines ersten Arbeitstages an seinem Arbeitsplatz im Museumskeller. Als er langsam die Augen aufmachte, sich umsah, merkte er, dass seine Finger am Papier hingen, in dem das große Bild – was sonst hätte es sein können? –

eingewickelt war. Sie hatten es, das Papier, im Laufe der Nacht angerissen, als hätten seine Finger sich festgehalten, festhalten müssen. Herr F betrachtete den Riss und geriet nicht in Panik. Er hatte Hunger. Er hatte seit vierundzwanzig Stunden nichts gegessen. Seine Mutter wusste nicht, wo er war. Er hatte noch zwei Stunden. Dann würden auch wieder andere da sein.

Zwei Stunden.

Seine Finger, ahnungsvolle Finger, rissen weiter am Papier. Herr F brauchte fast eine Stunde, bis das Gemälde sich schließlich vor ihm entblößte. Und ihn wieder diese Sensation überfiel, dieses würgende Husten, hinter dem sich ein Lachversuch versteckte, dessen war er sich sicher. Wenn er es nur freilassen könnte! Es ausspucken, einfach loswerden …

Eine Stunde.

Er hatte großen Hunger.

Er betrachtete das Bild. Dieses Gefühl! Er machte zwei, drei Schritte darauf zu, dann entfernte er sich wieder.

Der leere Magen tat weh.

Die ahnungslose, besorgte Mutter. Sicher schon in Panik. Hatte sicher kein Auge zugemacht. Aber jetzt war es so, wie es eben war.

Auch wenn oben schon jemand da wäre, hätte Herr F es hier in seinem Keller nicht mitbekommen.

Es war einmal ein einfacher armer grauhaariger bartloser Museumswächter, der verbrachte die erste Nacht seines ersten Arbeitstages an seinem Arbeitsplatz im Museumskeller und entdeckte ein Wunder.

Herr F setzte sich an die Wand dem Bild gegenüber. Oder war es ein Gemälde? Spielte das überhaupt eine Rolle? Stundenlang saß er so – oder nur ein paar Minuten. Den Blick konnte er nicht von der Leinwand abwenden. All das Schwarz und Gelb und Weiß, das kein Weiß war.

Und Rot und ganz wenig Grün. Und alles durcheinander, als hätte jemand Formen in den Sand gezogen. Als hätten mehrere Kinder gleichzeitig Formen im Sand gezogen. Da musste man durch. Durch diese Unruhe musste man durch. Die Unruhe und der leere Magen waren keine guten Freunde, sie arbeiteten gegeneinander.

Herr F sah auf die Uhr. Wenn er jetzt zu Hause wäre, gäbe es Mittagessen.

Da, ganz oben in der Mitte! Eine Maus mit langen Ohren. Oder ein Hund mit langen Ohren. Überrascht schauten sie ihn an. Oder? Oder war es ein spitznasiger Mann mit einem kurzen Schnurrbart, der ihn misstrauisch beäugte? Ein verschwitzter Mann auf dem Fahrrad!

Da fing er wieder an zu würgen, zitterte am ganzen Körper, presste die Hände in die Magengrube.

Ein Reiter, ein mächtiger, kraftvoller Reiter auf einem widerspenstigen Pferd. Herr F hörte das Pferd schnauben und wiehern. Es wusste, sie zogen in den Krieg, der Reiter und das Pferd, es wollte nicht sterben. Es kämpfte um sein Leben, es half alles nichts, der mächtige, kraftvolle Reiter siegte.

Ein unbekannter Laut verließ die Kehle von Herrn F, er fasste sich am Mund, aber zu spät. Und dann noch einer. Während der Reiter herumwilderte. Dann noch mehrere Laute. Noch nie hatte Herr F so etwas erlebt, gehört. Unaufhaltsam.

»Was ist hier los? Wie sehen Sie aus?«

Herr F reagierte nicht sofort. Womöglich hatte er auch den Mann im Anzug gar nicht gehört.

»Warum lachen Sie?«

Da fing Herr F an zu weinen.

»Was ist denn los mit Ihnen?«

Er weinte, er lachte.

Er hatte Hunger.

Er würde wahrscheinlich gleich gefeuert.

Das Pferd wieherte und schnaubte. Vielleicht musste es gar nicht in den Krieg ziehen, vielleicht hatte es Angst vor dem Hund mit den langen Ohren. Oder vor der Maus. Es bäumte sich auf, der Reiter hatte Schwierigkeiten, im Sattel zu bleiben. Staub wurde aufgewirbelt. So viel Staub. Roter Staub.

»Waren Sie überhaupt zu Hause? Ihr Anzug ist völlig zerknittert.«

Herr F hatte keine passende Antwort. Er wartete auf die drei Worte, die ihn zu seiner Mutter schicken würden. Während er wartete, betrachtete er sein Bild. So schnell konnte das gehen! Und plötzlich wurde ihm klar, dass er nicht wegwollte, nicht jetzt, wo er sein Bild gefunden hatte. Sein Pferd, seinen Reiter, seinen Hund und seine Maus. Nein, jetzt nicht.

Und um den Verlust, der noch keiner war, zu überleben, vergaß er zu weinen und lachte nur noch. Das Kratzige und das Würgende und das Röchelnde verschwanden, und Herr F musste es akzeptieren: Er lachte. Es sah sein Bild an und lachte. Zum ersten Mal in seinem Leben lachte er.

Es war einmal ein einfacher armer grauhaariger bartloser Museumswächter, der fand sein Bild im Keller und lernte zu lachen. Der Mann im Anzug schüttelte den Kopf und eilte in die obere Etage, wo sich die Packer, die er eigentlich überwachen sollte, um weitere Kunstschätze kümmerten. Außerdem kam es ihm so vor, als würde es im Keller merkwürdig riechen. Er würde mit dem stellvertretenden Museumsdirektor sprechen müssen.

Es war einmal eine Mutter, die begab sich eines Morgens auf die Suche nach ihrem Sohn, der zum ersten Mal die Nacht nicht zu Hause verbracht hatte. Als sie im Museum ankam, war es schon Mittagszeit, die Tür war geschlossen, sie fand keine Klingel. Sie sah sich unschlüssig um. Ihre Handtasche presste sie fest an ihren Bauch. Sie wünschte sich, jemand wäre jetzt da – die Kaiserin, die große Kaiserin, die in ihrem Alter war –, um ihr zu sagen, was sie tun sollte. Sogar gegen die Anwesenheit ihres Mannes hätte sie nichts einzuwenden gehabt. Auch wenn er sonst kein guter Mensch gewesen war. Sie war froh, dass er tot war. Meistens. Er hatte ihr viel Kummer bereitet. Die Demütigung ließ sie einige Freundschaften abrupt beenden. Sie hatte niemanden. Plötzlich hatte sie das Gefühl, dass sie niemanden hatte. Auch die Kaiserin hatte sie verlassen. Nur dieser eine Sohn war ihr geblieben. Ein Hohlkopf, aber *ihr* Hohlkopf. Was hatte sie bloß falsch gemacht? Nichts. Nichts hatte sie falsch gemacht. Sie konnte es nicht ertragen, schuldig zu sein. Aber ein Toter, es war gut, einen Toten zu haben, den man für alles Schlechte verantwortlich machen konnte. Sie hoffte, der Kaiserin ging es gut. Die Zeit verging langsam in der prallen Sonne. Sie wurde durstig. Sie setzte sich auf die niedrige Mauer vor dem Museum. Sie stellte sich vor, wie die Kaiserin ihre Gäste hier empfangen hatte. Irgendwann musste er ja rauskommen, ihr Sohn. Irgendjemand musste da rauskommen, irgendjemand irgendwann.

Oder war es ein Ort ohne Wiederkehr?

Ob die Kaiserin je zurückkommen würde?

Es waren gefährliche Zeiten, das hörte sie immer wieder ihre Schwester sagen. Und den Bruder ihres verstorbenen Mannes. Gefährliche Zeiten, manchmal verschwänden Leute einfach so. Du siehst mich, du siehst mich nicht. Manchmal bleibe nicht mal der Name übrig. Gefährliche Zeiten.

Das Ticken der Minuten.

Das Voranrücken des Schattens.

Es war einmal ein einfacher armer grauhaariger bartloser Museumswächter, der lernte zu lachen und der verliebte sich in ein Bild. Ja, verliebte. Herr F war noch nie verliebt gewesen, aber er war sich des Gefühls vollkommen sicher. Genauso, wie er noch nie gelacht hatte, und dennoch war alles klar, noch bevor es klar war.

Er dachte kurz über die Vorahnung nach.

Es war einmal ein einfacher armer grauhaariger bartloser Museumswächter, der lernte zu lachen und verliebte sich in ein Bild. Während seine Mutter vor dem Museum saß und um ihn bangte.

Nichts geschah. Niemand kam, um ihn zu feuern. Niemand kam, um ihn nach seinem Befinden zu fragen. Niemand kam, um ihm etwas zu essen zu bringen. Zu trinken. Niemand. Also fühlte Herr F sich sicher, für den Augenblick wenigstens. Und hungrig. Und der Mund tat weh vor Trockenheit.

Und der Reiter hatte sich beruhigt, und sein Pferd mit ihm. Obwohl Herr F eine Schlange in der Ecke entdeckte, eine Schlange, schon zum Angriff bereit. Plötzlich sah er ihre Zunge herausschnalzen. Plötzlich sprang er auf, das durfte nicht passieren, er musste die beiden warnen! Und der Hund! Wieso spürte der Hund mit den langen Ohren nichts? Aber es war eindeutig eine Schlange! Vielleicht wollte sie lediglich die Maus mit den langen Ohren fressen, das taten Schlangen, das wusste Herr F genau. Denn damals, am Strand, im Dickicht, das den Strand von der Straße trennte, hatte seine Cousine eine Schlange entdeckt und geschrien, und die Schlange war nicht weggelaufen, sie hatte sich aufgebäumt und die Cousine angesehen. Aus ihrem Maul hatte der Kopf einer Maus gehangen. Alle hatten es sehen können, bevor der Vater der Cousine die Schlange mit einem dicken Stock erschlug. Die Maus flog aus ihrem Maul. Die Cousine schrie, die anderen lachten.

Als dann alle weg waren, legte Herr F, damals noch Kind F, seine Sandale vorsichtig auf die tote Maus, die aber sehr lebendig aussah, und wollte sie eben zur Seite rollen, als die Mutter ihn laut und warnend zu sich rief. Er gehorchte. Aber die Maus hatte er nicht vergessen.

Die Maus mit den langen Ohren.

Überall Staub.

Und dann dachte er an Indien.

Überraschenderweise und selbstverständlich dachte er an Indien.

Es war einmal ein einfacher armer grauhaariger bartloser Museumswächter, der war als Kind mit seinem Vater nach Indien gereist. Seine Erinnerung war verschollen, wartete anderweitig auf ihn, da, wo er noch nicht war, wo er aber bald hingehen würde. Einer Sache erinnerte er sich dennoch sehr lebendig: rot, alles rot, wo immer man hinschaute, rot, rote Erde, rote Flüsse, roter Staub, rote Häuser, rote Kleider, rote Wolken. Rote Erde. »Wie war es in Indien?«, hatte die Mutter gefragt. »Rot«, hatte er geantwortet und das Lachen der Mutter nicht verstanden.

Unerwartet erinnerte er sich an das wohlige Gefühl, dort zu Hause gewesen zu sein.

Das Pferd schnaubte und drehte sich um. Plötzlich war die Schlange verschwunden, und ein Fohlen sah das Pferd erwartungsvoll an. Herr F neigte den Kopf nach rechts, nach links, nach rechts. Er beugte sich vor und dann wieder zurück. Doch, er hatte richtig gesehen! Neben dem Fohlen, genau hinter dem Pferd, stieg ein Tänzer aus dem roten Staub empor, streckte die Arme in die Höhe, den Kopf im Nacken, die rote Wollkappe saß unbewegt auf seinen Haaren, seine himmelweiße Tunika wie eine Leinwand, über die die körnige Erde ihren Pinsel ziehen ließ. Herr F hörte die Musik. Das Pferd ebenso. Endlich drehte sich auch der Reiter um, ein Lächeln breitete sich auf seinem Gesicht aus, er schloss die Augen und fing an zu tanzen. Der Hund mit den langen Ohren auch, sogar die Maus wiegte sich zu den Trommelklängen, als hätte sie nie etwas anderes gemacht, die Farben wirbelten sanft und selig durch die Noten, paarten sich zart und zaghaft. Ein Skorpion erschien auf der rechten Seite, aber keiner bemerkte ihn, keiner erschrak, und bei der nächsten Bewegung des Bildes zog er sich zurück, wurde zu Staub, rot, alles rot.

Hunger, Durst und Müdigkeit legten sich schwer auf den dünnen Körper von Herrn F, er streckte sich auf dem Betonboden im Museumskeller aus, schloss die Augen –, aber die Liebe ließ ihn nicht einschlafen. Die Liebe erzeugte eine Lachsalve, eine Kaskade aus glücklichen Lauten, die steckten auch im roten Staub, diese anmutigen, bezaubernden Laute. Man hätte denken können, dass sie direkt aus der angespannten Trommelhaut des Tänzers kämen, so klar und klärend waren sie. Ein Hohlkopf, fiel ihm ein, und mit einem Male wusste er nicht mehr, was das bedeutete.

Es war einmal ein einfacher armer grauhaariger bartloser Museumswächter, der lernte zu lachen und verliebte sich in ein Bild – als er die Stimme seiner Mutter auf der Kellertreppe hörte. Sie rief seinen Namen. Sie sagte etwas zu jemandem. Herr F tippte auf den Mann im Anzug. Er blieb auf dem Boden liegen – lebensunfähig, hatte Vater gesagt –, lauschte der Musik, betrachtete den Tänzer, das Pferd, den Hund, den Reiter, die Maus, die Liebe, das Lachen, die reine Liebe voller roter Klänge, das kristallartige Lachen voller roter Urtöne – und plötzlich fing er an zu husten, der Staub war dicht und übermütig; plötzlich musste er zur Seite springen, um dem Pferd auszuweichen, die Maus lief über seine Füße, der Reiter schrie ihm etwas zu, er verstand es nicht, er verstand nichts, weder das Trommeln noch die Worte noch die Empfindungen.

Es roch nach Dürre und Geschichte und Ewigkeit. Und dennoch oder eben deshalb vergaß er alles, zog das Sakko aus, lockerte die Krawatte, hob die Arme zum Himmel, rot, alles rot, und machte die erste Drehung, unsicher, unschlüssig, der Hund bellte, das Bellen wie eine liebliche Melodie, seine langen Ohren wogten geheimnisvoll umher. Der Reiter machte den Mund weit auf und sang, sein ganzer sich aufbäumender Körper sang, die Haut vibrierte, das Pferd drehte vom roten Sand verschleierte Runden um den Tänzer, der einem Gott ähnlich über allen und allem thronte, unaufhaltsam und unverkennbar. Und der Wirbel selbst war die Liebe, die ihn und alle um ihn herum schützend in sich einsog. Die Schwärze verflüchtigte sich, es herrschte der rote indische Staub.

Herr F, der kein Herr F mehr war, tanzte der Sonne entgegen, die über ihm brannte, auch rot, noch röter – und lachte.

Es war einmal eine Mutter, die hatte sich eines Morgens auf die Suche nach ihrem Sohn gemacht, der zum ersten Mal die Nacht nicht zu Hause verbracht hatte. Nach langem Warten hatte sich die Tür geöffnet, sie war unsicher eingetreten, hatte sich verlegen umgesehen, fast ängstlich, und war einem Mann im Anzug begegnet. »Ich suche meinen Sohn, er arbeitet hier«, antwortete sie, und er führte sie in den Keller. Da lachte jemand. Ungesehen lachte da jemand laut und klar, als würde er die wertvollsten, teuersten Perlen auf dem Boden ausrollen. »Er lacht schon wieder«, sagte der Mann im Anzug und schüttelte den Kopf. Die Mutter sah ihn verwirrt an, als wollte sie »Hohlkopf« sagen. Sie tat es nicht.

Sie rief den Namen ihres Sohnes. Zweimal. Noch einmal. Als ihr alter, müder Körper den Treppenfuß erreichte, zitterten ihre Beine, sie stützte sich mit der Hand an der

Wand ab. »Geht es Ihnen gut?«, fragte der Mann im Anzug und dachte, wie der Sohn, so die Mutter, alles nutzlose Schwächlinge, dieses Land bräuchte andere Menschen, ein neues Land, neue Leute. War das nicht der Sinn einer Revolution?

Sie traten in den großen Raum. Zuerst sahen sie das Bild, das entblößte Gemälde. Der Mann im Anzug fluchte in sich hinein. Die Mutter wollte ihren Augen nicht trauen. So etwas hatte sie noch nie gesehen. Gewaltig. Gierig. Göttlich. Sie bedankte sich still.

»Wo ist er? Wo ist mein Sohn?«, fragte die Mutter dann panisch, immer noch das Bild ansehend, als wüsste sie, wo sie zu suchen hatte. Alles rot. Indien, ja, sie dachte an Indien. Sie dachte an ihren kleinen Sohn in Indien.

»Heute früh war er noch hier«, flüsterte der Mann im Anzug, machte ein paar Schritte in die entgegengesetzte Richtung und hob ein Sakko auf.

»Wo ist mein Sohn?«, schrie die Mutter, krallte die Finger in den dicken Wollstoff, sie hatte ihm diesen Anzug genäht, sie hatte den Stoff und die Farbe ausgesucht, alles.

Er war doch ihr Sohn.

Der Mann im Anzug, in einem anderen Anzug, einem gekauften Sommeranzug, überließ ihr das Sakko und sah sich um, schnell ging er im leeren Raum herum, sah in jeder leeren Ecke nach. »Wo ist mein Sohn?« Es war niemand da. Der Mann im gekauften Anzug überprüfte jeden Raum, schaute hinter jeden eingepackten Gegenstand, richtete den Blick sogar hinauf zur Decke. »Wo ist mein Sohn?« »Eben war er noch hier, wir haben ihn doch lachen gehört.« Die Mutter sah ihn verächtlich an: »Das war er nicht. Mein Sohn lacht nicht.« Und dann, ohne darüber nachzudenken: »Er ist ein Hohlkopf.«

Es war einmal ein einfacher armer grauhaariger bartloser Mann, der arbeitete einen Tag und eine Nacht im

Keller des Kunstmuseums, sah dort ein Bild, verliebte sich in das Gemälde und tanzte zu den himmlischen Trommelschlägen.

Es war einmal ein einfacher armer grauhaariger bartloser Museumswächter, und wenn er nicht gestorben ist, dann lacht er immer noch.

*Rafik Schami*

# *Vier Geschichten*

# *Die Entkopplung*

Ich weiß nicht, warum mich so viele Menschen aufsuchen, um mir ihre kuriosen Erlebnisse zu erzählen. Ich bin natürlich gierig nach Geschichten. Vielleicht sendet diese Gier Signale, ähnlich wie meine Angst vor Hunden.

Aber oft sind es harmlose Erzählungen, die ich bald wieder vergesse. Nicht jedoch Georgs Geschichten. Leider sehe ich ihn viel zu selten. Er ist im Dauerstress, weil er Alimente für seine sechs Kinder zahlen muss, die er mit sechs Frauen gezeugt hat. Es ist merkwürdig, es lief immer nach demselben Schema ab. Georg ist ein lebensfroher Mann, ein belesener Handwerker, ein sagenhaft guter Elektromeister und Alleskönner, und immer wieder hat er eine Affäre in der Pfanne und eine im Vorratsraum. Treue war ihm seit jeher zu katholisch. Er ist Atheist.

Das Schema, das ich oben erwähnt habe, sieht so aus: Er beginnt eine Affäre, die eine heiße, aber kurze Phase durchläuft, doch die tägliche Routine zerbröselt seinen Charme und seine knochenharte Arbeit als Elektromeister sein Begehren und seine Potenz. So ermüden die Frauen parallel zu ihm, der, sobald der Alltag ihn auf ein normales Maß zurückschraubt, auf seine Wunschliste schielt und die nächste einsame Frau so lange umschwärmt und sie zu Ausflügen nach Rom und Florenz einlädt, wo er sich als Kenner der romantischen Städte aufspielt, bis »die Neue« willig wird. In der Trennungsnacht von »der Alten« und nach vielen ehrlichen Tränen schläft er dann noch einmal mit der Frau, die er verlässt.

Die sechs Frauen wurden alle in jener Abschiedsnacht schwanger.

Er zahlt jeder Mutter wenig, aber er zahlt.

Als er bei der Geburt des sechsten Kindes auf dem

Klinikflur wartete, kam die Hebamme aus dem Kreißsaal. Frau Kraus, eine stämmige alte Frau, deren direkte Art berühmt-berüchtigt war, musterte ihn lang. Sie kannte ihn ja.

»Und?«, fragte er ehrlich besorgt.

»Ein hübsches Mädchen, aber ich frage gleich mal Herrn Doktor Müller, ob er einem gewissen Georg nicht doch seine Gurke kürzer schnippelt.«

Nun aber ist eben dieser Georg, oh Wunder, seit zwei Jahren glücklich verheiratet. Sabine, seine Frau, ist eine selbstbewusste, sportliche Frau mit Charme und Witz, vor allem jedoch mit einer unbändigen Reiselust. Eine Nomadin im wahrsten Sinne des Wortes, die man besser fragt, wo sie noch nicht war. Seit ihrer Jugend reist sie, und je älter sie wird, umso abenteuerlicher werden ihre Reisen. Nicht nur mit ihrem Mann ist sie unterwegs, sondern auch mit den Frauen der vier Vereine, in denen sie und ihr Mann zahlende Mitglieder sind.

Eines Abends waren sie bei uns eingeladen. Während Sabine und meine Frau auf der Terrasse ihren Aperitif genossen, folgte mir Georg mit seinem Glas in die Küche. Ich hatte eine Mezze vorbereitet, eine bunte Mischung aus zwanzig Vorspeisen, immer gut, wenn man sich länger unterhalten und nebenbei naschen will. Alles war bereits gekocht, gebraten und gemixt, nun wollte ich die Leckereien noch schön auf Teller verteilen und geschmackvoll anrichten. Das Auge isst ja bekanntlich mit.

Auch wenn meine Hände beschäftigt waren: Meine Ohren waren vollkommen offen und frei. Und sie sendeten dieses Signal, die Gier nach Geschichten.

»Vor zwei Nächten hatte ich einen Traum«, begann Georg. Oft erfindet er Geschichten und verkauft sie dann als Film oder Traum. »Mein lieber Mann, so was kann man sich kaum ausdenken. Ich habe immer noch weiche Knie.

Willst du es hören?«, fragte der verfluchte Kerl, als hätte ich jetzt noch Nein sagen können. Ich zückte das große Küchenmesser.

»Schon gut, ich erzähle ja schon. Also, wir waren auf Reisen, Sabine und ich. Wir hatten gebucht, angekündigt war nur, dass es eine lange Seereise für ausgewählte Passagiere sein sollte. Im Traum wurde weder ein Visum noch ein Pass noch eine Fahrkarte für das Schiff benötigt oder kontrolliert, stattdessen wurden wir durch einen langen Korridor in der Abfertigungshalle geführt. Auf einem Schild, das keiner verstand, stand nur: *Zur Entkopplung*. Ich näherte mich mit meiner Frau einem Raum mit vier oder fünf Kabinen. Drei Polizisten standen am Eingang. Hinter ihnen konnte man durch ein großes Fenster bereits das große Passagierschiff *Aurora* in der Ferne sehen. Es hatte schon am Kai angelegt. Ich wunderte mich, dass offenbar nur Paare zu dieser Reise eingeladen waren.

›Wie lange dauert die Fahrt?‹, fragte ich.

›Zehn, zwanzig Jahre, wer weiß?‹, antwortete eine Frau, die mit ihrem Mann vor uns in der Warteschlange stand und einen kleinen Schritt vorwärtsrückte.

Es ging schleppend voran. Am Eingang zu dem Raum, durch den wir mussten, dauerte es ewig.

›Was ist da vorne los?‹, fragte ein Mann hinter uns ungeduldig.

›Sie entkoppeln das Geschlecht der Männer‹, hörte ich jemanden sagen, aber ich begriff rein gar nichts.

Als wir endlich den Eingang erreichten, war ich erschöpft. Ich sah, dass man die Frauen vor uns direkt durchließ, während die Männer in die Kabinen geführt wurden.

›Sie wissen schon‹, sagte ein Mann in weißem Kittel zu mir, als wir an der Reihe waren. Sabine beachtete er nicht. Er trug komischerweise eine Sonnenbrille und ein

Stethoskop um den Hals. Er muss ein Arzt sein, dachte ich. ›Unsere Reise dauert lang, und wir rechnen damit, dass wir, bevor wir wieder an Land gehen, über zwanzig Jahre unterwegs sind. Sie gehören zu den wenigen Auserwählten für dieses Experiment. Wir haben ausreichend Vorräte geladen, produzieren unsere Nahrung auf dem Schiff selbst, und das Wasser an Bord ist frei von jedweder Verschmutzung, aber wir haben ein Problem: Wir dürfen uns nicht vermehren. Sie können sich vorstellen, was bei elftausenddreihundertsiebzig gesunden Paaren unter dreißig nach neun Monaten passiert, wie viele Kinder da potenziell zur Welt kommen. Personal noch gar nicht mitgerechnet. Vor allem der abendliche Blick in den Sonnenuntergang und die frische Seeluft machen jeden welken Mann zum Stier ... Sie wissen, was ich meine.‹

Ich wusste, was der Mann meinte, und grinste. Ich bin, wie du weißt, auch ohne Meeresblick ein Stier. Aber zu meinem Entsetzen fuhr der Arzt fort: ›Zudem können wir uns Sentimentalitäten und Eifersuchtsszenen nicht leisten. Daher entkoppeln wir vorab das Geschlecht der Männer. Das dauert genau neun Minuten, geschieht ganz schmerzfrei und ohne dass ein Tropfen Blut fließt. Und zwar mit dem modernen Entkoppler *Sense XXL*. Seine Erfinder, ein Mediziner und ein Physiker aus Göttingen, haben dafür den Nobelpreis bekommen. Die Penisse werden genau registriert, damit es am Ende nicht zu Verwechslungen kommt, wie es zwischen Esel und Kamel auf der Arche Noah passierte – zur Freude des Esels‹, fügte er hinzu und lachte süffisant. Mir war überhaupt nicht zum Lachen zumute.

›Aber was ist, wenn ...?‹, wollte ich meine Bedenken äußern.

›Keine Diskussion bitte, wenn Sie nicht wollen, können Sie gerne kehrtmachen. Wir haben lange Wartelisten‹, sagte der Mann im weißen Kittel und deutete Richtung Ausgang.

›Los jetzt, die Leute hinter uns murren bereits‹, fauchte mich Sabine an. Sie sah den Steg zu unserer verheißungsvollen Reise in greifbarer Nähe vor sich. ›Stell dich nicht so an, auch der Kapitän und seine Crew sind entkoppelt. Sie haben es alle über sich ergehen lassen, ohne aufzumucken. Du bist nicht besser als Tausende andere Männer.‹

›Was meinst du damit, ich bin nicht besser? Sie wollen mich kastrieren. Jawohl, das ist das richtige Wort.‹

Meine Frau antwortete nicht mehr. Sie schwieg und schaute in der Gegend herum, als ginge sie die Sache nichts an.

›Mach schon, wir wollen hinein‹, brüllte ein Mann in meinem Rücken.

Ich fühlte mich von hinten bedrängt und von meiner Frau im Stich gelassen. Widerwillig betrat ich eine Kabine, und tatsächlich ging es schnell. Eine Haube umschließt Penis und Hoden. Und saugt alles weg. Man fühlt einen kleinen Stich, und schon kommt das Ganze luftdicht verpackt aus dem Gerät. Unten hat man nur noch ein Loch zum Pinkeln.

Alle Daten wurden aufgenommen und auf den durchsichtigen, vakuumierten Beutel geklebt, den die Krankenschwester in ein Tiefkühlfach steckte, nachdem sie sich noch einmal vergewissert hatte, dass meine persönlichen Daten korrekt waren. Sie sah übrigens aus wie Hebamme Kraus.

Wir gingen an Bord, und die Reise startete.

Ich weiß nicht. Plötzlich war mir die Welt neutral, fade und reizlos. Auf nichts hatte ich Lust. Die Frauen genossen alles. Du weißt ja, Frauen können immer genießen. Bei uns Männern hängt alles an diesem einen Galgenseil. Für mich glich der Untergang der Sonne am Horizont ihrem Aufgang am Horizont gegenüber.

Die Frauen liefen bei diesem Wetter ›oben ohne‹ herum,

die Männer waren ›unten ohne‹, und ich begriff schnell, dass Blicke allein nicht befriedigen, sondern einem nur zeigen, was man verpasst.

Wie lange die Reise dauerte, kann ich nicht sagen. Es waren sonnige Stunden, Tage oder Jahre. Als es hieß, die Reise sei zu Ende und man wolle in Kürze am Hafen der Heimat anlegen, freute ich mich darauf, dass ich nun bald wieder Sex mit meiner Frau haben konnte.

Auch den anderen konnte es offensichtlich nicht schnell genug gehen, die Leute drängten furchtbar beim Hinausgehen. Sie schrien herum, und es gab sogar – durch die Ungeduld – Tritte und Ohrfeigen unter den Passagieren. Ich war schon kurz vor dem Ausgang angelangt, da wirbelte ein Tumult die Leute durcheinander – und warf mich, ich weiß nicht, wie, von der vierten oder fünften Stelle in der Warteschlange nach ganz hinten. Als ich endlich mit den drei, vier anderen Schlusslichtern wieder am Ausgang ankam, saß die Krankenschwester, die nun wie Sabine, meine Frau, aussah, erschöpft und verheult vor lauter aufgerissenen, leeren Verpackungen. Ihre Schminke war über ihr ganzes Gesicht verschmiert. Sie schaute auf und sagte: ›Nichts mehr. Es tut mir leid. Ach, wie schrecklich! Dass die Leute auch bei so was noch hamstern müssen.‹

Neben der Krankenschwester standen drei Männer in weißen Kitteln und lachten. ›Ach, wie schrecklich, ach, wie schrecklich‹, äffte der Kleinste unter ihnen die Krankenschwester nach.

›Vielleicht haben manche jetzt einen Doppellauf‹, sagte der Zweite.

Ein großer Mann aus der Gruppe der Passagiere stand abseits und weinte herzerweichend: ›Man hat mein Fernrohr mit diesem Würmchen vertauscht‹, jammerte er und stand mit heruntergelassener Hose da. Eine winzige Olive ruhte auf seinen Hoden.

Hinter mir brüllten sechs, sieben entsetzte Männer, darunter auch Bedienstete und Mitarbeiter aus dem medizinischen Team.

›Ein paar Frauen haben das Chaos genutzt und eine Tüte mitgenommen. Obwohl sie überhaupt nichts damit anfangen können‹, berichtete ein Mann im weißen Kittel, den ich als jenen erkannte, der mich beim Empfang aufgeklärt hatte. Ich wollte mich auf ihn stürzen und ihm an die Gurgel gehen, doch in diesem Augenblick nahm er die Sonnenbrille ab. Er war ein exaktes Abbild von mir, sah mir zum Verwechseln ähnlich. Ich erschrak mich zu Tode. Er aber kam auf mich zu und versetzte mir einen Kinnhaken. Ich hörte ihn lachen und fiel zu Boden. In diesem Moment wachte ich auf. Ich war schweißgebadet, atmete schwer. Als sich meine Augen an die Dunkelheit gewöhnt hatten, erkannte ich, dass ich in meinem Schlafzimmer lag. Sabine schlief neben mir. Ich richtete mich auf und tastete erst meine Umgebung, dann mich ab. Ich warf mich ins Kissen zurück und atmete erleichtert auf.«

Georg entkorkte die Weinflasche und half mir, die Tabletts mit den kleinen bunten Tellern hinaus auf die Terrasse zu bringen.

# *Der Teufel war es nicht*

Said lag auf seinem Bett und las eine ägyptische Comiczeitschrift. Er hörte seinen Vater im Esszimmer laut lachen. Das Abendessen war längst vorbei, der Vater trank seinen Arrak mit der Mutter und aß dazu Pistazien. Elias Derani liebte es, in der Stille des Abends Arrak zu trinken und Pistazien zu knabbern, und wenn Fadia ein Gläschen mittrank, war die Welt für ihn in Ordnung. Said hörte seine Mutter erzählen, aber er verstand nicht, was seinen Vater an diesem Abend so zum Lachen brachte. Als der Vater noch einmal laut auflachte und rief: »Das erzähle ich dem Bischof, das muss ich unbedingt dem Bischof erzählen!«, da wäre Said fast vor Neugier geplatzt.

Kurz darauf kam seine Mutter zu ihm, um ihrem Sohn einen Gutenachtkuss zu geben. Said hielt sie am Arm fest und fragte: »Warum hat er so gelacht?«

Sie lächelte. »Ich habe ihm eine dumme Geschichte erzählt, und dein Vater liebt meine dummen Geschichten«, sagte sie und wuschelte ihm durch die Haare.

»Ich auch«, sagte Said und hielt sie weiter am Arm fest.

Sie sah, dass ihr Mann gerade auf die Toilette ging, und setzte sich auf die Bettkante.

»Ich erzähle es dir ganz schnell, aber du darfst es niemandem weitersagen. Ich habe die Geschichte von Asisa. Kennst du Asisa?«

»Ja«, antwortete Said. Asisa war die Frau des Juweliers Burhan, eines reichen Christen. Er war sehr fromm und wie Elias Mitglied in allen Gremien der katholischen Kirche.

»Sie haben doch diesen verzogenen Farag als einzigen Sohn«, sagte sie. Said kannte den Jugendlichen, aber er mochte ihn nicht. Er war ein gerissener Fuchs, dem man am besten aus dem Weg ging. »Der hat doch tatsächlich eine Videokamera an der Decke angebracht, genau über dem Tresor, und zoomte das Bild so nahe heran, dass er seinen Vater beobachten und die Geheimzahl des Tresors aufschreiben konnte. Damit fing es an. Der Sohn hat sich monatelang bedient, und der Vater drehte fast durch, denn er bemerkte den Verlust, konnte ihn sich aber nicht erklären. Immer wieder verschwanden kleinere und größere Summen. Der Juwelier beschuldigte insgeheim seine Haushälterin, eine alte Witwe, die eine viel zu große Familie hatte, um sie von ihrem mageren Lohn zu ernähren. Er zweifelte auch an Asisa, seiner Frau, doch eines Vormittags ertappte er seinen Sohn auf frischer Tat.

Der jammerte unter Burhans Schlägen und rief: ›Das war ich nicht, das war ich nicht. Der Teufel hat mich missbraucht und verführt. Ich war es nicht. Er hat mich dazu gezwungen.‹

Der Vater hörte auf zu schlagen. Das wollte der fromme Mann genau wissen. ›Wie hat er das gemacht?‹, fragte er, doch bevor der Sohn seine Fantasie auf die Reise schicken konnte, knallte es in der Ecke, eine rote Wolke erschien, und es roch nach Jasmin und Rosen.

Als der Rauch zur Decke aufstieg und sich auflöste, erblickten Vater und Sohn den Teufel. Er sah nicht aus, wie ihn die Kirche fälschlicherweise darstellt – mit Hörnern, Schwanz und Pferdefuß –, sondern war ein schöner Mann in schwarzem Anzug, schwarzem Hemd und roter Krawatte, höchst elegant.

›Entschuldige bitte die Störung‹, sprach der Teufel zum Vater. ›Ich melde mich selten, doch diesmal tue ich es aus Achtung vor deinem Sohn.‹ Der Teufel lächelte und entblößte seine großen, schneeweißen Zähne. ›Ich war es nicht. Mit diesen neuen Geräten kenne ich mich noch nicht aus, aber ich muss schon sagen, ich habe eine Menge von deinem Sohn gelernt, alle Achtung, Junge. Noch heute lache ich darüber, wie du die schöne Josephine trickreich überzeugt hast, dass ihre Gesangstimme durch zwölf Zungenküsse in der Woche besser wird.‹ Er näherte sich dem Vater und packte ihn am rechten Ohr. ›Hör auf, ihn zu bestrafen. Er wird es mit meiner Hilfe noch zu einer Milliarde bringen. Hast du verstanden?‹, rief er und zog den Vater kräftig am Ohr. Danach verschwand er so plötzlich, wie er gekommen war. Burhan, der Juwelier, fiel in Ohnmacht. Sein rechtes Ohr trägt seitdem eine daumengroße Brandspur, aber die Stelle duftet immer nach Rosen. Seit jenem Tag geht er nicht mehr zur Kirche.«

Fadia küsste ihren Sohn und verließ das Zimmer, als Elias eben von der Toilette kam und wieder in den Salon trat.

# *Der kluge Teppichknüpfer*

Mein Freund Heinrich ist immer für eine Überraschung gut. Wir hatten beschlossen, gemeinsam ein Sachbuch zum Thema »Humor der Minderheiten« herauszugeben. Wir trafen uns abwechselnd einmal bei mir in der Pfalz und einmal bei ihm in Sachsen. Heinrich ist wie ich ein leidenschaftlicher Koch. Nach der Trennung von seiner Frau kocht er nur noch, wenn Gäste da sind. So auch diesmal. Es war exzellent.

Gemeinsam arbeiteten wir drei Tage durch, fast zwölf Stunden am Tag. Viele Fragen hatten wir gelöst, neue waren entstanden und sollten dann bei der letzten Redaktionssitzung bei mir zu Hause klare Antworten bekommen. Wir lachten viel über das Komische, das Fremde mit ihrer Sicht von außen in einer Gesellschaft wahrnehmen, das für die Einheimischen aber »ganz normal« ist.

»Heute sind wir Gott sei Dank früher fertig geworden«, sagte er am letzten Tag gegen sechzehn Uhr. »Wir haben noch Zeit. Um achtzehn Uhr findet im Boulevardtheater der Abschluss, sozusagen der Höhepunkt eines verrückten Festivals statt.« Er grinste merkwürdig.

»Comedians?«

»Nein, Furzkünstler«, antwortete er ernst.

Ich lachte. »Willst du mich auf den Arm nehmen?«, fragte ich.

»Keineswegs. Ich habe uns zwei Karten reserviert – und danach einen Tisch beim Italiener. Du erinnerst dich doch noch an den Wirt Roberto, oder?«

Natürlich erinnerte ich mich an den wunderbaren Abend und das ausgezeichnete Essen. Roberto hatte den Fisch an unserem Tisch filetiert und den Satz ausgerufen: »Ich bin Fischchirurg.« Viele hatten mit uns gelacht.

»Das Irre dabei ist, dass dieses harmlose Festival letzte Woche zum Politikum wurde, weil mehrere Künstler, angeführt von einem bekannten amerikanischen Kunstfurzer, abzureisen drohten, wenn ein iranischer Künstler teilnimmt. Es wurde heftig debattiert. Letztlich gab die Theaterleitung unter dem Druck der Sponsoren nach und schloss den Iraner aus.«

Ich war noch immer nicht in der Lage, mich auf Details einzulassen, sondern ziemlich verwirrt und unfähig, das Grobe zu verstehen.

»Ein Festival für Furzer?«, verriet meine Zunge meine Verwirrung gegen meinen Willen.

»Das wundert mich gar nicht«, erwiderte Heinrich. »Festivals boomen, und man staunt, was es alles für Festivals gibt. Literatur und Musik gehören zu den ältesten Themen, aber die Agenturen erfinden immer kuriosere Dinge: Es gibt tatsächlich Festivals für das Wälzen im Schlamm, und eines, bei dem man sich mit Tonnen reifer Tomaten bewirft … so lange, bis alle in Tomatensoße stehen. Kannst du dir vorstellen, dass es sogar populäre Feste für Zwergenwerfen gibt, bei denen kleinwüchsige Menschen durch die Luft geschleudert werden? Ich selbst habe schon ein Chili-&-Barbecue-Festival erlebt und eine Fotoreportage über ein Penisfestival gelesen, bei dem Männer und Frauen wie bei einer Prozession riesenhafte Penisse auf den Schultern durch die Stadt tragen, mit Tausenden von Zuschauern, die an Penis-Lollis lutschen oder wackelnde Gummipenisse auf der Nase tragen. Es werden aber auch Heißluftballon-, Stierhatz-, Katzen- und Hundefestivals veranstaltet. Letzte Woche protestierten Umweltschützer gegen das Unterwasser-Musik-Festival. Und nun haben wir hier eben auch eins für Kunstfurzer. Drei Tage lang waren die Veranstaltungen ausverkauft. Du kannst es im Lokalteil nachlesen.«

»Furzen? Das kann doch jeder«, widersprach ich.

»Aber nicht Kunstfurzen!«, antwortete Heinrich unbeeindruckt. »Ich mache uns jetzt einen Espresso, und in der Zwischenzeit kannst du nicht nur in unserer Zeitung blättern, sondern auch im Internet nach ›Kunstfurzer‹ suchen. Du wirst schnell auf den legendären Joseph Pujol stoßen. Heute Abend bekommt der Sieger übrigens eine kleine goldene Figur, die Pujol beim Furzen darstellt. Immerhin ist sie zehntausend Euro wert.«

Es war genauso, wie Heinrich behauptet hatte. Furzen als Kunst beherrschen nur wenige. Nicht alle verfügen über die anatomische Fähigkeit, durch gezieltes Anspannen und Entspannen des Darmschließmuskels die Tonhöhe der Abwinde zu modulieren. Man muss außerdem in der Lage sein, durch seine diversen Körperöffnungen Luft zu inhalieren und über den Hintern wieder entweichen zu lassen. Die frisch eingesaugte Luft erzeugt keine stinkenden, sondern geruchsneutrale Fürze. Bis zu neunzig Minuten dauert die Show mancher Kunstfurzer, allerdings führen sich einige – vom Publikum unbemerkt – hinter der Bühne Luft per Schlauch ein, um sie dann auf der Bühne kontrolliert entströmen zu lassen. Manche können sogar eine Kerze mit ihren »Gesäßhusten« ausblasen, was die Zuschauer wahlweise von den Stühlen reißt oder, wie es in der Zeitung stand, in Ohnmacht fallen lässt.

Das und noch mehr hatten die Zeitung berichtet und das Internet auf die Schnelle ausgespuckt. Nun war ich selbst gespannt auf das Festival.

Der Saal war gerammelt voll. Heinrich hat die besten Plätze für uns reserviert. »Die Akustik«, sagte er, »ist an dieser Stelle perfekt wie in einer Kirche, aber ich wollte, dass wir auch genau sehen, was sich auf der Bühne abspielt«, sagte er.

Die Innenarchitektur des Boulevardtheaters erinnerte an die Zwanzigerjahre. Der schwere, bordeauxrote Vorhang war umgeben von einem dem Jugendstil nachempfundenen goldenen Rahmen. Als der Vorhang sich hob und der Theaterdirektor, der die Veranstaltung moderierte, die Bühne betrat, wurde er mit einem begeisterten Beifall empfangen.

»Meine Damen und Herren«, sprach er in das mittig platzierte hohe Standmikrofon. Auf der Bühne hinter ihm waren außerdem mehrere niedrige Standmikrofone zu erkennen. »Ich freue mich sehr, dass Sie so zahlreich zur Abschlussveranstaltung des Festivals für ungewöhnliche Fähigkeiten erschienen sind. Sie und Tausende von Besuchern haben die Künstler mit ihrem Programm drei Tage lang auf verschiedenen Bühnen erlebt. Heute jedoch wollen wir den König dieser Kunst küren und ihm den goldenen Pujol als Auszeichnung überreichen. Wir danken unseren großzügigen Sponsoren, die nicht nur die Kosten für diese edle Figur, sondern für das gesamte Festival übernommen haben.

Eine kompetente Jury aus Sportmedizinern und Musikern hat dreihundert Bewerber aus fünfundvierzig Ländern geprüft ... leider war keine Frau darunter. Zehn Kandidaten konnten die Experten überzeugen. Sie sind die besten der Welt, deshalb haben wir sie zu diesem Festival eingeladen. Die vielen begeisterten Besucher sind Beweis dafür, dass die Auswahl unserer Jury richtig war. Und Sie, verehrtes Publikum, haben heute die Aufgabe, den Sieger zu ermitteln. An der Front ihrer Armlehne befindet sich ein grüner Knopf. Wenn Sie einem Kandidaten Ihre Stimme geben möchten, drücken Sie nach seinem Auftritt einfach darauf, und das Resultat erscheint direkt auf dieser Anzeigetafel.« Dabei deutete er auf ein Display über der Glasvitrine, in der die goldene Siegerfigur auf rotem Samt stand. »Und nun bitte ich Sie um einen Probelauf. Geben Sie jetzt Ihre Stimme ab«, rief er und schaute gespannt auf die Tafel. Die Ziffern rasten nach oben wie an der Zapfsäule einer Tankstelle, und als sie stoppten, leuchtete rot die Zahl 489 auf.

»Da fehlt noch …«, begann der Direktor, aber im nächsten Moment lachte er erleichtert auf. Die Anzeige war auf 490 gesprungen. »Da ist sie ja! Danke schön.«

Das Publikum klatschte.

Der Moderator erläuterte, dass das Los über die Reihenfolge der Auftritte entschieden habe und über jeden Künstler neu abgestimmt werde. Er bat das Publikum um Beifall für den ersten Meister seiner Disziplin, Mats van Dijk aus Amsterdam, der nun lachend auf die Bühne kam. Der Moderator zog sich zurück.

Mats van Dijk stellte sich vor eines der niedrigen Mikrofone, beugte sich nach vorne, sagte »Donner«, und man hörte einen grollenden Furz. Bei »Rakete« zischte es ein paar Sekunden und knallte dann, aber man konnte im Saal erkennen, dass der Holländer den Schließmuskel seines Anus mit den Händen zum zischenden Schlitz in die Länge zog. Einige pfiffen. Nach ein paar weiteren Geräuschimitationen verließ der Holländer die Bühne wieder, die Benotung durch das Publikum fiel ärmlich aus: nur 80 Punkte.

Danach wurde der Franzose Jean-Pierre André angekündigt. Er war nervös und zitterte am ganzen Leib. Er bemühte sich tapfer, doch seine Fürze kamen gequält und fast unhörbar heraus. Auch er ging ohne Beifall und mit schlechten Noten von der Bühne ab: 60 Punkte.

Ihm folgte der afghanische Meister, der mit seiner Darbietung anscheinend den Krieg in seinem Land darstellen wollte: Bomben explodierten, Menschen schrien hysterisch, Maschinengewehre knatterten, Motoren heulten, und zwischendurch hörte man die dumpfen Einschläge von Artillerie und Raketen. Das Publikum reagierte etwas betroffen, denn hier gab es nichts zu lachen. Dennoch vergaben die Zuschauer 250 Punkte. Damit hatte der Asiate seine zwei Vorgänger »weggeblasen«.

Bald konnte ich mir die Namen nicht mehr merken. Sie waren mir letztlich auch egal. Ein schwedisches Duo faszinierte das Publikum ganz besonders: Die zwei blonden Männer führten mit ihren Fürzen ein heftiges Gespräch zwischen Mann und Frau auf, die Fürze des Darstellers der weiblichen Rolle waren zwei Oktaven höher als die des anderen, und der Streit begann wie ein Dialog in der Ferne mit unverständlichen Worten, man hörte sie lachen und schimpfen, weinen und husten. Doch plötzlich versagte der Bassfurzer, weil er sich nicht mehr beherrschen konnte und lachen musste. Das Lachen brachte ihn zum Entsetzen seines Partners durcheinander. Ihm entfuhren die Fürze nur noch willkürlich bzw. sie verstummten gegen den Willen ihres »Befreiers«. Das Ergebnis war eine schlechte Bewertung: 75 Punkte.

Es folgten ein Schweizer, der mit Fürzen jodeln konnte, ein Südafrikaner, ein Chinese, ein Isländer. Alle bemühten sich, blieben jedoch hinter dem Afghanen. Dann traten zwei Pfälzer auf die Bühne, jeder von ihnen hatte zwei alte Holzkrücken dabei. Der Moderator stellte sie als das Duo »Ferz mit Krigge« vor. Die beiden boten eine gute Show, indem sie furzten und die Krücken aufeinanderschlugen. Es klang wie Trommelschläge und Kastagnetten, war zwischendurch auch tatsächlich feurig, sodass manche im Saal jubelten. Aber am Ende übertraf das Duo den afghanischen Kunstfurzer gerade mal um zehn Stimmen: Die Pfälzer erzielten 260 Punkte.

Dann kam der Amerikaner.

Der Moderator schien beinahe eine Nobelpreisrede für ihn vorbereitet zu haben. Entsprechend gespannt war das Publikum, und der amerikanische Künstler im Kostüm des legendären Comic-Helden Captain America enttäuschte die Zuschauer nicht. In der Tat übertraf er mit seinem Kunstfurzen alle bisherigen Konkurrenten. Er konnte Vulkane, Explosionen, das Zischen einer Flamme, ein Gurgeln, das Hämmern auf Holz, aber auch das Traben, Schnaufen und Wiehern eines Pferdes präzise furzen, dabei lächelte er gelassen. Ein tosender Beifall des Publikums war der Lohn, er verbeugte sich höflich. Doch manche hatten spätestens beim perfekten Wiehern den Verdacht, er furze nicht live, sondern habe einen MP3-Stick mit aufgezeichneten Geräuschen in seinem Hintern, die über einen Minilautsprecher in den Saal gesendet würden –, obwohl der Moderator schon bei der Begrüßung, so etwas vorausahnend, versichert hatte, dass alle Künstler einer gründlichen Untersuchung ihres Afters unterzogen würden, kurz bevor sie auf die Bühne kämen. Das sei Bedingung … Trotzdem hielt der Zweifel manche zurück, dem Amerikaner ihre Stimme zu geben. Andere verweigerten ihm ihre Stimme, weil sie ihm seine arrogante, humorlose Haltung gegenüber dem iranischen Künstler übelnahmen. Zu dieser Gruppe gehörte ich, und, wie ich später erfuhr, auch Heinrich. Immerhin bekam er 320 Punkte.

Er ging von der Bühne ab, und dann passierte etwas, das keiner erwartet hatte. Ein stämmiger Mann mit schulterlangen, wallenden blonden Haaren trat tänzelnd auf die Bühne. Er hatte eine Reihe von Kerzen auf kleinen Ständern dabei, die er im Halbkreis aufstellte, dann verschwand er hinter dem schwarzen Vorhang, der die Bühne vom Backstagebereich trennte, und kehrte mit einer Violine zurück. Darauf spielte er eine orientalische Melodie, tanzte dabei, und seine Fürze trommelten den Takt dazu. Es war, als würden sich zwei Trommeln einen Wettstreit liefern. Das Publikum wunderte sich, dass man alles ganz genau hörte, obwohl der Künstler nicht vor einem

Mikrofon stand. Er ahnte das, ging kurz zu dem hohen Standmikrofon des Moderators und sagte: »Arschset angeschnallt.« Das Publikum tobte. Der Moderator warf von der Seite einen verwirrten Blick auf den Künstler und verschwand wieder. Der brachte nun mehrere bekannte Melodien mit Violine und Trommelbegleitung zu Gehör. Sein Violinspiel war ebenso virtuos wie seine Fürze.

Dann zündete der Künstler alle Kerzen an und bewegte sich dabei mit unnachahmlicher Eleganz, trotz seines kräftigen Körpers wirkte sein Tanz erotisierend auf Frauen wie Männer. Das Publikum begleitete ihn mit rhythmischem Klatschen.

In gebeugter Haltung bewegte der Furzkünstler sich nun an den Kerzen vorbei und blies sie eine nach der anderen mit seinen Fürzen aus. Und als ob das alles noch nicht perfekt genug gewesen wäre, ging er dann zum Standmikrofon und rief: »Windmühlen.« Er legte die Violine auf den Boden und begann im Kreis Räder zu schlagen. Bald verschmolzen seine Arme und Beine wie zu Flügeln, und man hörte die Geräusche des Windes und das metallische Reiben der Achse.

Das Publikum johlte und tobte. Auch meine Hände waren rot und schmerzten vom kräftigen, andauernden Beifall.

Nachdem er geendet hatte, schaute er erschöpft und glücklich in den Saal und streifte die blonde Perücke vom Kopf. Er schleuderte sie in die Ecke und verbeugte sich, dankbar für den Applaus. Seine Glatze glänzte vom Schweiß.

Auf der Anzeigetafel stand die Zahl 490. Zögernd kam der Moderator wieder auf die Bühne. »Aber Sie … das ist, ich meine, man kann doch nicht einfach so auf die Bühne komm…«

Das Publikum pfiff ihn stumm.

»Ich bin Teppichknüpfer. Seit dreitausend Jahren knüpfen wir leise Knoten für Knoten, verstehen Sie? Der Amerikaner ist im Vergleich dazu sehr jung, gerade mal 500 Jahre alt. Er ist dagegen nur ein Furzknoten.«

Das Publikum lachte schallend. Ein nicht enden wollender Beifall riss auch den Moderator mit, er ging auf den Künstler zu und streckte ihm die Hand entgegen.

Im Saal wurde es still.

»Das Publikum hat Sie eindeutig zum Sieger gekürt«, sagte er mit leiser Stimme. Eine junge Frau kam auf die Bühne, nahm die goldene Figur aus der Vitrine und überreichte sie dem Künstler. Er hatte die Violine noch in der linken Hand und hob die goldene Figur mit der rechten hoch.

Nur wenige merkten, dass er weinte.

# Galgenhumor

Der arabische Diktator General Fusshami war, wie es bei Tyrannen nicht selten ist, schizophren. Er beleidigte jeden und machte sich über alle und alles lustig, war aber eine Mimose, wenn er zur Zielscheibe scharfer Satiren wurde. Und wie es üblich ist, lautete die Anklage dann: »Beleidigung des Vaterlandes in Israels Auftrag«. Von solchen Aufträgen haben die Israelis nie auch nur etwas geahnt.

Eines Tages erzählte ein Satiriker folgenden Witz: »Unser Land geht seit zehn Jahren durch eine Krise. Daher schlug einer seiner Berater dem Präsidenten vor, Amerika den Krieg zu erklären. Weil wir den Krieg verlieren würden, würden die Amerikaner, wie sie das damals in Deutschland mit dem Marshallplan taten, unser Land wiederaufbauen. ›Aber was ist, wenn wir Amerika besiegen?‹, fragte der Präsident.«

Für diesen Witz wurde der Satiriker im Schnellverfahren zum Tode verurteilt, weil er angeblich, so die Presse, beim Verhör zugegeben habe, von Israel dafür bezahlt worden zu sein, den Vater der Nation zu beleidigen – und damit das ganze Volk.

Am Tage der Hinrichtung führte man den Verurteilten zur Galgenhalle. Er war überrascht, dass dort nicht nur der Gefängnisdirektor und einige Gefängnisoffiziere, sondern auch der Präsident persönlich sowie mehrere Generäle und hohe Offiziere anwesend waren.

Doch es verschlug ihm fast die Sprache, als er bemerkte, dass sich auch der Sohn des Präsidenten, ein zwölfjähriger, blasser Junge, im Raum befand. Er saß neben seinem Vater und wirkte desinteressiert, fast verloren.

Der Präsident rauchte seine Havanna-Zigarre genussvoll, wie es schien. »Der Verurteilte ist so mickrig«, sagte er zu seinem Vertrauten, dem Geheimdienstchef General Dassas, »der kann den Hunger meiner Hunde nicht einmal für eine Nacht stillen.« General Dassas kannte die deutschen Schäferhunde und Dobermänner, er fand die Bemerkung nicht sonderlich lustig, aber er wusste, dass der Präsident seine Geschmacklosigkeit als Witz verstanden wissen wollte. »Allerdings«, rief der Geheimdienstchef deshalb und lachte laut, was den Präsidenten sichtbar befriedigte.

»Und nun zu dir, Hurensohn«, forderte Diktator General Fusshami den Satiriker auf, der neben der Galgenschlinge stand, »wenn du es schaffst, einen Witz zu erzählen, der uns zum Lachen bringt, so werde ich dich begnadigen.«

Eine schwere Stille legte sich über den Raum.

»Ein Beamter ging zur letzten Wahl, bei der Sie, Herr Präsident, 99,99 % der Stimmen erhalten haben. Es gab, wie Sie wissen, zwei Wahlzettel, einen weißen mit einem grünen Ja darauf und einen schwarzen mit einem roten Nein. Der Beamte war verärgert über seinen Chef und stimmte daher mit Nein. Weil Zweifel ihn plagten, erzählte er zu Hause seiner Frau, dass er eine Neinstimme abgegeben hatte. Die Frau war entsetzt und begann zu weinen, weil sie befürchtete, dass ihr Mann nun entlassen würde. ›Und wer soll mich und die sechs Kinder ernähren?‹, fragte sie und schlug ihm vor, er solle zum Wahllokal gehen und dem Wahlleiter dort sagen, dass er die Zettel verwechselt habe. Er wolle nun seine Jastimme für den Präsidenten abgeben. Gesagt, getan. Der Mann eilte zum Wahllokal und besprach sein Problem leise mit dem Wahllokalleiter. Dieser lächelte und klopfte dem Beamten auf den Rücken. ›Wir wussten, dass du anständig bist, deshalb haben wir deinen Fehler korrigiert, du kannst also ruhig schlafen, aber pass auf, dass dir so etwas nicht noch einmal passiert.‹«

Einige kicherten, der Sohn des Präsidenten lachte hell auf, aber als die Ohrfeige seines Vaters ihn traf, verstummte der Junge abrupt und schaute unbeteiligt in die Gegend, als hätte jemand anderer gelacht und die schallende Ohrfeige bekommen. Der Diktator blieb steif. Er blickte um sich, und allen erstarrte das schüchterne Lächeln auf dem Gesicht.

»Ich verstehe den Witz nicht, und es lässt sich nicht klar feststellen, ob jemand außer meinem schwachsinnigen Buben gelacht hat. Ich gebe dir eine zweite Chance«, sagte der Diktator.

»Ich brauche ein Glas kaltes Wasser«, bat der Verurteilte, da sich sein Kehlkopf anfühlte, als sei er aus sprödem Holz.

Man brachte ihm kaltes Wasser.

»Die Geschichte, die ich nun erzähle, ereignete sich in einem fernen Land. Anders als unser Land, das als Vorbild für Freiheit und Demokratie gelten kann, wurde dieses Land diktatorisch regiert. Deshalb reisten auch keine europäischen Touristen dorthin. Zu uns kommen sie, um von uns zu lernen, wie die Würde des Menschen respektiert wird, und zu bestaunen, welch hohes Maß an Freiheit und Demokratie hier herrscht. Aber zurück zu jenem elenden Land. Ein Geheimdienstler war eines Morgens nach einem Streit mit seiner Schwiegermutter schlecht gelaunt aus dem Haus gegangen. Am liebsten hätte er sie als Spionin angezeigt, aber da seine schöne Frau an ihrer Mutter hing, durfte er das nicht tun.«

»Du bringst mich auf eine gute Idee«, rief ein General in der dritten Reihe, viele lachten. Der Präsident ärgerte sich. Er drehte sich um, und alle schwiegen.

»Jedenfalls hielt er kurz bei einem Straßenverkäufer an, der Poster mit verschiedenen Motiven verkaufte: mit dem Bild von Schauspielern, Tänzerinnen, Sängerinnen, von Jesus und dem Präsidenten. Der Händler nutzte den hohen Gartenzaun einer Behörde, stellte die Poster daran aus und bot sie den Passanten an. Der Geheimdienstler wunderte sich, dass das Jesus-Poster fünfzig Lira kostete, während das Bild des Präsidenten nur fünf Lira kostete. Empört fragte er: ›Was erlaubst du dir, unseren Helden und Landesvater für fünf und Jesus für fünfzig Lira anzubieten?‹ Der Geheimdienstler provozierte absichtlich, als er vom Präsidenten und nicht vom Poster des Präsidenten redete. Die Passanten horchten auf. ›Reg dich nicht auf, Mann, kreuzigt den Präsidenten, und ich verkaufe seine Plakate für hundert.‹«

Ein Lachen explodierte und verbreitete sich hemmungslos unter den Zuschauern. Nur der Präsident lachte nicht. Er drehte sich um und schrie: »Nur Hurensöhne lachen bei solch einem geschmacklosen Witz.« Das war sein eigenes Todesurteil. Denn als er sich wieder dem Verurteilten am Galgen zuwandte und ihn beschimpfen wollte, stand der General der Luftwaffe, der genau hinter ihm saß, auf und erschoss ihn. »Niemand nennt meine Mutter eine Hure!«, schrie er. Der Geheimdienstchef, der neben dem Diktator saß, wollte seine Waffe ziehen, da traf auch ihn eine Kugel und durchbohrte seine rechte Schläfe. Denn der Adjutant des wütenden Oberbefehlshabers der Luftwaffe konnte den Geheimdienstchef nicht ausstehen. Vier weitere hohe Offiziere der Luftwaffe zogen ihre Pistolen und riefen: »Der Diktator ist tot. Es lebe die Republik.«

»Für alle anderen gilt: Waffen auf den Boden, an die Wand stellen und Hände an die Wand legen«, befahl der General der Luftwaffe, der allem Anschein nach der Anführer einer Verschwörung war. Er zückte sein Smartphone und wählte eine Nummer. »Der Hund ist gestorben … nein, es ist nicht verfrüht. Die ganze Armee- und Geheimdienstleitung ist hier in meiner Gewalt … So eine

Gelegenheit wäre so schnell nicht wiedergekommen … Ich weiß, ich weiß, aber wir bekommen das hin. Besetze mit deinen Spezialeinheiten umgehend den Rundfunk und sprich das vereinbarte Kommuniqué. Es lebe die Republik!«

Er drehte sich zu seinem Adjutanten um. »Und du kümmere dich um den Bengel, bring ihn zu seiner Mutter. Sie sollen sofort aus dem Palast verschwinden. Ich werde dort einziehen«, sagte er und zeigte auf den Jungen, der totenblass in der Ecke stand und die Leiche seines Vaters anstarrte.

»Und du verlässt das Land innerhalb von drei Tagen«, wandte er sich an den Satiriker.

»Aber Herr Präsident. Ich brauche einen Monat, um all meine Sachen zu packen und Frau und Kinder sicher im Ausland unterzubringen.«

»Gut, dann einen Monat und keinen Tag mehr«, sagte der neue Präsident.

Ein paar Wochen später wurde auch er weggeputscht. Der Satiriker lebte fortan arm, aber in Sicherheit in Schweden.

*Monika Helfer*

# *Es ist alles nicht so einfach*

# 1

»Ich höre sie lachen«, sagte der Mann zu seiner Frau, und er drückte sein Ohr an die Wand. Jedes Mal, wenn er das Frauenlachen hinter der Wand hörte, durchfuhr ihn die Sehnsucht, und er dachte sich, was passiert gerade, wenn sie lacht. Er und seine Frau lachten selten.

»Sie lacht schon wieder«, sagte seine Frau. »Das ist doch penetrant, wahrscheinlich ist sie einfach gestrickt im Kopf.«

»Was soll das heißen?«, fragte ihr Mann. »Da müssten wir zwei, die wir fast nie lachen, geradezu Intellektuelle sein. Sind wir das?«

»Wir sehen die Welt und was in ihr geschieht mit offenen Augen, und deshalb ist uns das Lachen vergangen«, antwortete ihm seine Frau. »So einfach ist das.«

»Wann haben wir je gelacht?«, fragte der Mann. »Ich meine, wir beide zusammen, nicht jeder für sich.«

»Ich lache für mich nicht«, sagte die Frau. »Über deine Witze, erinnerst du dich, du hattest drei Standardwitze, Kinderwitze, die du immer wieder erzählt hast, um die Leute zum Lachen zu bringen, harmlos und gut gelaunt. Da haben wir zusammen gelacht.«

»Meinst du den: Wonach sehnt sich die Katze?«

»Nach dem Muskelkater«, antwortete die Frau prompt.

Mann und Frau sahen sich an, aber sie lachten nicht. Dann schauten sie in die Zeitung, sie las die Kultur, er die Politik.

Einmal, nur einmal, wollte der Mann die lachende Frau drüben in der anderen Wohnung sehen. Eines Tages wartete er auf der Treppe, dachte, jetzt ist es Abend, da wird sie von der Arbeit kommen, denn um diese Zeit fängt ihr Lachen an. Ein Fremder überholte ihn und öffnete die Nachbarstür. Er war groß und bärtig, hatte derbe Schuhe an, und aus seiner Tasche ragte eine Lauchstange.

»Guten Tag, Nachbar!«, sagte der Mann zu dem Fremden. »Wir kennen uns nicht.«

Er reichte ihm die Hand.

Der Fremde stellte seine Tasche ab und grüßte. »Verzeihen Sie«, sagte er, »mein Deutsch ist schlecht, ich bin Russe.«

»Sollten Sie etwas brauchen«, sagte der Mann und wies auf seine Tür, »Sie können jederzeit bei uns klingeln.«

Der Fremde lachte und salutierte zum Spaß.

»Oder wollen Sie einmal auf einen Schluck zu uns kommen?« Der Mann wollte das Gespräch noch nicht beenden. »Meine Frau und ich würden uns freuen. Wohnen Sie allein?«

Scheinheilig hatte der Mann gefragt, und der Fremde antwortete: »Ich habe Liv, meine Frau. Wir kommen. Danke. Gern.«

Tage vergingen, jeden Abend war das Lachen hinter der Wand, aber die Nachbarn kamen nicht auf Besuch.

Der Mann hielt es nicht mehr aus, so sehr plagte ihn die Neugierde. Er klingelte an der Nachbarstür. Er hörte langsame Schritte, dann öffnete sich die Tür. Eine Frau öffnete. Sie stand vor ihm, auf Krücken stand sie.

»Liv?«, fragte der Mann und sah in ihr reizendes Gesicht, es war das Gesicht einer dicken Frau mit Grübchen und weißer Haut. »Sind Sie Liv? Ich bin der Nachbar. Vielleicht hat Ihr Mann schon von mir erzählt. Ich möchte Sie auf einen Tee einladen.«

»Wie süß«, sagte die Frau und verlegte ihr Gewicht auf eine der beiden Krücken. »Kommen Sie doch herein. Trinken wir erst bei mir einen Tee! Erst bei mir, dann bei Ihnen. Zucker?«

Als er in dem tiefen Sessel saß, hörte er ihr Lachen. Immer wollte ich hier sitzen, dachte sich der Mann. Nun sitze ich hier.

# 2

Der Mann saß im Ledersessel, wie eingesunken saß er, als schliefe er. Er hörte die Frau telefonieren und hörte ihr Lachen, wie er jeden Tag ihr Lachen durch die Wand gehört hatte. Er dachte: Ich will, dass sie auch bei mir lacht.

Als sie auf ihren Krücken ins Wohnzimmer zurückkam und sich auf das Sofa fallen ließ, setzte er sich gerade und sagte: »Liv, wissen Sie, wo die Katze wohnt?«

»Ich verstehe Ihre Frage nicht«, sagte die Frau. »Wir haben keine Katze.«

»Es soll ein Witz sein, und Sie, Liv, müssen erraten, wo die Katze wohnt.«

»Ich verstehe Sie wieder nicht«, sagte die Frau und beugte sich vor. »Ich bin Schwedin, kann gut Deutsch, aber spezielle Sachen verstehe ich nicht. Manche Sprichwörter kann man nur verstehen, wenn man im fremden Land aufgewachsen ist.«

»Das war dumm von mir«, sagte der Mann. »Verzeihen Sie, Liv.«

»Nicht doch, nicht doch«, sagte die Frau und schaute ihn sehr freundlich an. »Sagen Sie mir, wo die Katze wohnt!«

»Im Miezhaus?«

Wieder verstand die Frau nicht, was er meinte, und es war für beide peinlich.

Die Frau stand mühsam auf und ging zur Küche. »Ich bringe den Tee«, sagte sie.

Er folgte ihr nach, um ihr zu helfen, nahm ihr die Teekanne aus der Hand, die zwei Teegläser, sie trug nur die Zuckerdose.

Er schenkte ihr ein. »Ich bin Ihr Nachbar«, sagte er, »ich höre Sie oft lachen, und das stimmt mich so fröhlich, ich wollte einmal sehen, wer die Frau ist, die so wunderbar lacht. Darum habe ich Sie besucht.«

Sie verzog den Mund, lachte aber nicht. »Wissen Sie, ich lache nur mit meinem Mann. Mein Mann ist Russe, und die Russen lachen gern und oft, sie lachen sogar, wenn sie Böses tun. Sie lachen immer und überall, auch in der Kirche, sogar im Beichtstuhl. Ich kann Russisch, verstehe aber viele Sachen nicht, ebenso wie er Sachen auf Schwedisch nicht versteht. Dann kitzelt er mich. Und ich muss mich fast totlachen. Er ist ein guter Mann, er hat mir das Leben gerettet. Er hat mir seine Niere gespendet. Ohne ihn wäre ich tot. Ich arbeite zu Hause, übersetze Verträge ins Russische, das habe ich gelernt. Mein Mann kommt am Abend, er kocht für uns. Ich bin sehr dankbar. Haben Sie eine Frau?«

»Ja, eine Frau, schon sehr lange, wir haben uns nicht mehr viel zu sagen, und wir lachen nie zusammen.«

»Ich habe Ihnen leider auch nichts zu sagen, weil ich ja gar nicht weiß, was Sie hören wollen.«

»Können Sie singen?«, fragte der Mann, es war ihm einfach so in den Sinn gekommen, dass die Frau sicher gut singen konnte.

»Ein russisches Lied?«, fragte die Frau. Sie warf fünf Zuckerwürfel in die Tasse. Dann schüttete sie Tee vom Glas in die Untertasse und trank daraus. Der Tee war stark und heiß. »Russische Lieder sind wehmütig. Das kommt vom vielen Wodka. Mögen Sie einen Wodka? Ich meine, so zum Tee, einen kleinen Wodka? Ja?«

Sie stimmte ein Lied an und sang mit klarer Stimme – und nicht leise, wie er es sich vorgestellt hatte, sondern sehr laut. Sicher hört das meine Frau drüben, dachte er sich.

# 3

Liv hatte laut gesungen, es hatte wie ein Arbeiterlied geklungen, und am Ende stemmte sie eine Krücke in die Höhe. Der Nachbar und sie hatten beide das Klingeln an der Tür überhört, und sie erschraken, als der bärtige Russe vor ihnen stand.

»Lyubimyy«, sagte er und küsste seine Frau.

»Er sagt Liebling zu mir«, übersetzte sie. Sie wies auf den Mann im Sessel. »Das ist unser Nachbar«, sagte sie auf Russisch mit lustigem Akzent. »Ich habe ihm ein Lied vorgesungen, weil ich nicht wusste, was ich mit ihm reden soll.«

»Ich kenne ihn bereits«, sagte der Russe auf Russisch. »Er hat sich mir vorgestellt, er will uns beide auf einen Drink einladen. Ich denke, er könnte ein guter Mensch sein.« Auf Deutsch sagte er: »Ich komme eben von der Arbeit im Außendienst.« Und auf Russisch sagte er: »Du hättest ihm nicht aufmachen sollen, Lyubimyy. Vielleicht ist er doch kein guter Mensch.«

Der Nachbar erhob sich und ging zur Tür. »Ich will nicht stören. Wenn Sie einmal das Verlangen haben, uns zu besuchen, melden Sie sich. Klopfen Sie einfach an die Wand.«

Er schloss leise die Tür hinter sich.

»Was heißt Verlangen?«, fragte der Russe. »Aber doch nichts Sexuelles?« Dann ging er in die Küche und rief ins Wohnzimmer: »Heute etwas Süßes! Soll ich etwas Süßes kochen? Etwas sehr Süßes? Sehr, sehr Süßes?«

»Oh ja«, sagte Liv. »Süße Wurst!«

»Wo sind die Butterkekse?«, rief der Mann aus der Küche. »Die brauche ich, Kakao und Butter sind da, aber ohne Butterkekse geht es nicht. Die billigen sind die besten.«

Er bekam zur Antwort: »Die habe ich gegessen, heute

Mittag. Ich war so hungrig, du warst nicht da, und meine Übersetzung ging schlecht. Ich muss Spezialausdrücke von dir wissen. Was heißt ›Gewährleistung‹? Ist das etwas mit Schießen?«

Der Russe kam zurück zu seiner Frau, er zog ihr die Bluse und den Büstenhalter aus und küsste ihre Brüste.

»Heute hungern wir beinahe. Heute essen wir nur Sardinen in Öl. Das alte Brot können wir aufbacken. Sehr, sehr Süßes gibt es morgen.«

Livs Krücken lagen auf dem Boden, und die Nachbarn nebenan hörten ihr Lachen.

»Jetzt kitzelt er sie wieder«, sagte der Mann zu seiner Frau, und sie, ärgerlich: »Woher willst du das wissen?«

»Sie hat es mir gesagt.«

»Wann hat sie es dir gesagt?«, fragte die Frau. Gerade seifte sie ihre Hände ein, hielt sie unter kaltes Wasser und trocknete sie ab. Dann roch sie an den Innenflächen und wusch noch einmal.

»Du hast einen Waschzwang«, sagte der Mann. »Muss ich mir Sorgen machen?«

Und die Frau: »Es gibt Menschen, die waschen sich, und solche, die es nicht tun, wie diese Nachbarin, da möchte ich wetten.«

»Sie geht auf Krücken, sie ist eine Intellektuelle, sie übersetzt deutsche Verträge ins Russische, ist aber selbst eine Schwedin.«

»Das erfindest du jetzt, Verträge werden auf Englisch verfasst oder ins Englische übersetzt.«

»Und wenn die russischen Geschäftsleute kein Englisch verstehen?«

»Dann haben sie Untergebene, die es verstehen.«

Der Mann wandte sich von seiner Frau ab und legte sein Ohr an die Tapetenwand.

»Was für ein glückliches Lachen!«

# 4

Früh am Morgen ging der Mann aus dem Haus, seine Frau stellte sich schlafend, weil sie nicht mit ihm reden wollte. Kaum war die Tür ins Schloss gefallen, stand sie auf, ging zum Fenster und schaute ihm nach. Sie sah seine Gestalt von oben, den grauen Mantel, die gebeugten Schultern, und da kam sie sich schuldig vor. Sie war keine gute Frau. Hieß das, sie war eine schlechte Frau? Sie verrichtete ihre Morgenarbeiten, legte die Matte auf den Boden und begann mit ihren Yoga-Übungen.

Da hörte sie aus der Nachbarwohnung einen Knall, bald darauf einen Schrei.

Sie zog sich den Morgenmantel über, schlüpfte in die Hausschuhe und klingelte bei der Nachbarin. Niemand rührte sich. Noch einmal klingelte sie. Ihr kam die Idee, dass der Russe, den sie nur ein einziges Mal gesehen hatte, seine Frau zu Boden gestoßen haben könnte. War sie tot?

Noch einmal klingelte sie.

Sie hörte ein Stöhnen, dann endlich öffnete sich die Tür. Die Nachbarin, die so schön lachte, immer und immer, stand vor ihr, gleich sank sie in sich zusammen und fiel hin.

»Was, um Himmels willen, ist geschehen! Ich rufe die Rettung!«

»Nicht, nicht«, sagte die Nachbarin, die so schön lachte, immer und immer, »nicht, nicht. Ich bin gestürzt. Ich stürze nie. Aber jetzt bin ich gestürzt.«

Über ihre Stirn rann Blut.

Eine hielt die andere, Frau und Frau, und sie stellten sich einander vor: die Frau, die nie lachte, Gerti; die Frau die immer lachte, Liv.

»Wo ist Ihr Mann?«, fragte Gerti.

»Er arbeitet, und ich mache nur Probleme«, sagte Liv.

»Aber Sie lachen«, sagte Gerti und lief in ihre Wohnung und kam zurück mit dem Verbandskasten. »Sie lachen immer und immer. Wir hören Sie durch die Wand. Ich würde gern so lachen können wie Sie.«

»Sie müssen wissen, ich habe den besten Mann«, sagte Liv. »Er hat mich gerettet, hat mir seine Niere geschenkt, ihm verdanke ich mein Leben. Darum lache ich.«

Liv war dick und schwer, und Gerti gelang es nicht, sie vom Boden aufzuheben. Sie lief noch einmal in ihre Wohnung und brachte ein Kissen mit, das mit den Goldfäden, und legte es unter Livs Kopf. Liv hatte ein schönes Gesicht, wirklich ein schönes Gesicht, gewiss vom vielen Lachen, das weiß ja jeder, dass Lachen schön macht. Wenn ich so schön wäre, dachte Gerti, und so schön lachen könnte, dann würde es mich nicht stören, wenn ich so dick wäre. Noch einmal lief sie in ihre Wohnung, kam mit dem Handy zurück. Sie rief ihren Mann an, der im Büro an seinem Schreibtisch saß.

»Komm schnell«, sagte sie »unsere Nachbarin, die abends immer so schön lacht, liegt auf dem Fußboden. Ich sitze neben ihr. Sie ist verletzt.«

Liv zeigte ihr an, dass sie auch etwas sagen wollte. Sie sagte ins Handy hinein: »Sie haben eine liebe Frau. Sie ist stark. Aber ich bin leider zu dick und zu schwer. Lassen Sie sich Zeit, wir beide sitzen gut.«

Die Krücken lagen auf dem Boden, eine vor der Küchentür, die andere vor der Wohnzimmertür. Ganz still war es. Man hörte einen Vogel singen.

»Eine Amsel«, sagte Liv, »ein Wunder, ihr Gesang!«

# 5

Die beiden Frauen sahen einander an, Liv und Gerti. Eine war verlegen wie die andere.

Liv nahm die Hand von Gerti und drückte sie: »Sie sind auch ein guter Mensch, Sie haben mich gerettet. Ich bin immer die, die gerettet werden muss. Immer und immer. Ich war jung und mit meinem schnellen Auto unterwegs. Ein Tanklaster lag auf der Straße. Dann der Unfall. Flammen schlugen aus dem Tanklaster. Ich wusste nichts mehr. Da kam dieser bärtige Mann, der Russe war, und rettete mich. Er hob mich auf und brachte mich ins Krankenhaus. Dieser bärtige Russe hatte einen Strahlenkranz, lachen Sie nicht, Gerti! Oder lachen Sie doch! Er hatte wahrhaftig einen Strahlenkranz. Gewiss, es waren die Endorphine, die mich das glauben ließen, so viel Blut gab es. Ich sah mich auf einem fliegenden Teppich. Ich war zweimal, einmal im Beichtstuhl, ein weiteres Mal im Krankenbett. Warum im Beichtstuhl?, habe ich mich gefragt. Es ist so, glauben Sie mir, Gerti. Auch knapp vor dem Tod stellt man sich immer noch Fragen. Ich dachte, ja, gut, ich liege in einem Krankenbett, ich bin im Spital, man hat mich ins Spital gebracht, der Mann mit dem Bart und dem Strahlenkranz hat mich ins Spital gebracht. Aber warum bin ich zugleich im Beichtstuhl? Der Mensch ist doch ein Rätsel, habe ich nicht recht? Sagen Sie, Gerti, habe ich eine tiefe Wunde an der Stirn?«

»Seien Sie unbesorgt, liebe Liv«, sagte Gerti. »Sie machen mich glücklich, dass ich Ihnen helfen darf. Ich will in Zukunft auch so viel lachen wie Sie.«

»Der Mann mit dem Bart und dem Strahlenkranz«, sagte Liv, »ist mein Mann geworden, der Russe. Er hat mir eine Niere geschenkt. Morgen bringt er mich zum Frisör.

Empfehlen Sie mir eine Haarfarbe? Weißblond vielleicht, das wäre eine Spur heller als meine Naturfarbe, das würde zu seinem Strahlenkranz passen. Weizenblond vielleicht, blond wie ein Nahrungsmittel.«

Friedlich saßen die beiden Frauen am Boden.

»Hören Sie die Amsel?«, fragte Liv. »Sie singt für mich.«

Da kam endlich Gertis Mann, er hob Liv auf und führte sie zum Sofa, deckte sie zu und brachte ihr einen Wodka und trank gleich auch einen.

Als die beiden wieder in ihrer Wohnung waren, sagte Gerti: »Mich hast du auf dem Boden sitzen lassen, hast mich nicht beachtet, so, als wär ich ein Stück Nichts. Auch keinen Wodka hast du mir eingeschenkt. Nichts!«

»Nichts gibt es nicht stückweise«, sagte der Mann.

Sie saßen auf ihren harten Stühlen und warteten auf den Abend. Wieder hörten sie durch die Wand Liv lachen.

»Sie lacht«, sagte Gerti.

»Sie lacht«, sagte ihr Mann. »Aber sie gehört mir.«

# 6

Natürlich wurde der Russe von Gerti über das kleine Unglück seiner Frau informiert. Wie sollte es anders sein? Er war nach Hause gekommen, hatte seine Frau auf dem Sofa liegend vorgefunden, schlafend, mit einem Kopfverband. Gerti hatte kein geeignetes Pflaster gefunden und hatte, nachdem sie das Blut gestillt hatte, einen Kopfverband angelegt. Man konnte ja nicht wissen, auch an der Stirn gibt es Adern, die unberechenbar sind und mir nichts, dir nichts zu bluten anfangen, wenn eine Verletzung vorliegt. Liv, die abends immer und immer lachte, konnte außerdem eine Gehirnerschütterung haben. Und man weiß ja, wie gefährlich eine Vernachlässigung in so einem Fall sein kann. Also brach sie ihr Versprechen und informierte den Russen. Einen Strahlenkranz sah sie nicht.

Der bärtige Russe küsste Liv wach, sie hielten sich umschlungen, und Liv weinte, und der Russe weinte. Es war so schön, gemeinsam zu weinen.

»Dann ist die Nachbarin ja eine Gute«, sagte der Russe. »Wir müssen uns erkenntlich zeigen. Heute mache ich süße Wurst. Ich habe die billigen Kekse gekauft.«

»Ich traue der Nachbarin nicht«, sagte Liv. »Sie hat hinter der Stirn ein Misstrauen gegen mich. Dann kam noch ihr Mann mit seiner Fürsorge. Er ist in mich verliebt.«

»Ich werde ihnen zu Ehren ein Festessen kochen«, sagte der Russe. »Erst Kohlsuppe, dann Plov, zum Abschluss Rollkuchen?«

»Nein, keine Kohlsuppe«, sagte Liv. »Kohlsuppe ist ein Essen für arme Leute. Auch wenn sie gut schmeckt. Und deine schmeckt am besten. Aber ich müsste zu deiner Suppe eine Einleitung sprechen. Dass sie nicht als Speise für arme Leute gedacht ist, sondern die beste Kohlsuppe ist. Das wäre zu kompliziert.«

»Keine Suppe«, sagte der Russe mit dem Bart und dem Strahlenkranz. »Denkst du, die mögen Schweinefleisch?«

»Reden wir nach der süßen Wurst weiter«, sagte Liv.

Sie drehte sich zur Seite, und ihr Mann bereitete das Essen zu.

In der Nachbarwohnung saß das Ehepaar immer noch vor der Tapetenwand und lauschte. Nichts war zu hören.

»Es ist noch zu früh«, sagte die Frau, »sie lacht erst am Abend richtig. Lass uns Kaffee trinken. Sie wird schlafen. Sie hat mir erzählt, dass ihr Gehirn einmal so sehr erschüttert war, sie ist dem Tod von der Schaufel gerutscht.«

»Hat sie das so formuliert?«, fragte der Mann.

Da lachten beide auf einmal. Gerti schenkte Kaffee ein, sehr stark, schüttete Schnaps dazu. Sie tranken und warteten.

»Jetzt wäre drüben die Zeit zum Lachen«, sagte der Mann.

»Wahrscheinlich wird sie erst morgen wieder lachen«, sagte Gerti.

»Ja, wahrscheinlich«, sagte ihr Mann. »Dann können ja wir heute.«

# 7

Das Ehepaar saß immer noch am Tisch, vom Schnaps beschwipst, und der Mann dachte sich, ich müsste mich aufraffen und sie küssen. Ich mache es.

Er beugte sich zu seiner Frau, die zurückgelehnt auf dem Stuhl saß, und küsste ihre Lippen, aber weil sie so spröd und schmal waren, beließ er es dabei.

Sie tat es ihm gleich und berührte seinen Mund. Sein Atem erschreckte sie. Das sind seine Brücken, dachte sie, er muss zum Zahnarzt.

Sie gingen auseinander.

Wenn sie nur, dachte der Mann weiter, ein wenig Polsterung an ihrem mageren Körper hätte, wenn sie nur ein wenig maßlos wäre, nicht mit Butter sparte, Sahnetorte essen würde, wenn sie sich nur ein wenig, nein, wenn sie sich nur total gehen lassen würde. Mir ist ihre Korrektheit eine Strafe. Er nahm sich vor, jeden Abend mit ihr Wein zu trinken. Zur Lockerung.

Sie nahm sich vor, einen Zahnarzttermin für ihn zu arrangieren, die Sprechstundenhilfe sollte ihn anrufen und an die Zahnreinigung erinnern. Das wäre doch vornehm. Sie käme in dieser Angelegenheit nicht vor. Sie sah an sich hinab über die mageren Brüste auf ihre knochigen Knie. Andere Garderobe kaufen. Etwas Frisches. Neue Frisur, neue Farbe über die ergrauten Haare. Ein freundliches Braun.

»Dann setze ich mich an meine Lektüre«, sagte der Mann.

»Was liest du gerade?«

»Ich lese *Stoner* von John Williams, eine tragische Geschichte.«

»Hab ich auch schon gelesen«, sagte die Frau, »der Professor in der Geschichte ist gut gezeichnet, ein Mann ohne Haltung.«

»Bin ich ein Mann ohne Haltung?«, fragte er.

»Bezieh es nicht auf dich, es ist Literatur«, sagte sie. Dachte aber, genau so einer bist du, einer ohne Haltung.

Die Frau steckte ihre einzige Brosche an die Bluse, ein Anfang von Verbesserung, und verließ das Haus. Sie wollte den Frisör hinter sich bringen, sich neue Schuhe kaufen, solche mit Absätzen, ein Kleid, am Abend würde sie wieder zurück sein. Rechtzeitig, um das Lachen ihrer Nachbarin nicht zu versäumen.

Zu Hause dann zog sie das neue Kleid an und rief ihren Mann. Er sah sie an wie eine Erscheinung und dachte, wenn sie jetzt noch etwas zunehmen würde.

»Schönes Kleid, schöne Frisur, komm, setzen wir uns.«

Sie saßen an der Tapetenwand und warteten. Der Mann holte zwei Gläser und entkorkte den teuren Wein. Er hatte ihn am Nachmittag gekauft. Dazu belgische Pralinen.

Sie prosteten einander zu, und mit einer Praline im Mund sagte der Mann: »Auf unsere Abenteuer!«

So sagt er dazu, dachte sich seine Frau: Abenteuer. Sie wollte drei Gläser Wein trinken, was sie noch nie getan hatte, ihn an der Hand nehmen und ins Schlafzimmer führen.

Ihm kamen Filmszenen von Liebespaaren in den Sinn, auf Küchentischen und Teppichen.

Wieder hatte die Frau von nebenan nicht gelacht.

# 8

Das Ehepaar lag im Bett, jeder auf seiner Seite, der Frau drehte sich von dem vielen Wein der Kopf, ihr schmeckte Wein nicht, ihr war übel.

»Du liegst wie eine Tote«, sagte der Mann.

»Ja, weil mir schlecht ist, stockschlecht, ich vertrage keinen Wein.«

»Dann beweg dich nicht. Ich bring dir einen Kamillentee.«

Er ging in die Küche. Er fühlte sich angenehm beschwipst, schenkte sich noch ein Glas Rotwein ein und ließ sich in seinen Sessel fallen.

Er hatte *Krieg und Frieden* auf den Knien, las aber nicht, dachte vielmehr über sich nach und darüber, wie er sein Leben beeinflussen könnte, damit es besser würde. Lebenswerter. Er fand es traurig, dass sie keine Kinder hatten, keine Enkel, da fiel schon einiges an Freude weg. Worüber freuen?

Die Frau in der Nachbarwohnung, die abends gelacht hatte, immer und immer, jedenfalls bis vor einer Woche, hatte sie ein besseres Leben? Sie ging auf Krücken, sie konnte allein das Haus nicht verlassen, sie war dick. War sie zufrieden?

Er schaute ins Schlafzimmer, seine Frau lag auf dem Rücken und schnarchte. Er überlegte sich, ob er bei den Nachbarn klingeln sollte.

Er zog seine Anzughose an, ein frisches Hemd, holte eine neue Flasche Wein und tat es.

Der Russe öffnete die Tür.

»Trinken Sie ein Glas mit mir?«, fragte der Mann. »Mir wäre danach.«

Sie hoben die Gläser, und der Russe erzählte, dass seine

Frau im Krankenhaus liege, sie habe sich beim Sturz eine Gehirnerschütterung zugezogen, dann starke Schmerzen bekommen, und so habe er sie in die Notaufnahme gefahren.

»Sie muss noch ein paar Tage bleiben, ich vermisse sie sehr, sie ist für mich mein Leben«, sagte der Russe.

»Kann man sie besuchen?«, fragte der Nachbar.

»Das würde sie nicht wollen«, sagte der Russe. Sie bleibe lieber für sich. Nur auf ihn warte sie.

»Sie haben Glück«, sagte der Nachbar. »Das kann ich von mir nicht behaupten. Meine Frau ist mir so fremd wie nur irgendeine. Wir in unserer Wohnung, wir sind wie zwei Leichen auf Urlaub.«

»Warum verlassen Sie sie nicht?«, fragte der Russe. »Bevor Sie sich hassen, sollten Sie sich trennen.«

»Ich hasse sie nicht, sie ist mir nur gleichgültig.«

»Und wenn sie sterben würde?«

»Sie ist gesund und lebt gesund, sie wird nicht sterben.«

Der Russe sagte: »Meine liebe Liv war schon nicht mehr ganz bei den Lebenden und hat es dann doch geschafft. Sie hatte eine Nahtoderfahrung, von der sie gern spricht. Sie erzählte, sie stand auf einem Berg und schaute hinunter auf mich, sah meine Verzweiflung, sie wusste, sie musste zurück, aber was schrecklich für sie war: Sie wollte nicht. Sie wollte bleiben, wo sie war. Sie schwamm durch einen See, obwohl sie gar nicht schwimmen kann, und schlug wieder die Augen auf. Ich gebe sie nicht mehr her«, sagte der Russe und schüttelte rote Weintropfen aus seinem Bart.

# 9

Gerti wachte auf, und ihr Mann lag nicht neben ihr. Normalerweise war sie die Erste, die aufstand, dann bereitete sie das Frühstück zu.

Er war auch nicht in der Wohnung. Der Kleiderschrank stand offen, und sie sah, dass zwei seiner Anzüge weg waren, einige Hemden, Unterwäsche, das Paar gute Schuhe. Der Koffer war auch weg. Ihr fiel kein einziger Mensch ein, zu dem er hätte gehen können. Er war einfach weg. Ohne ein Wort. Sie hatten keinen Streit gehabt, da war nichts gewesen.

Sie machte sich fertig und fuhr mit dem Bus ins Büro. Keinem sagte sie etwas. Sie arbeitete bis zum Abend, dann fuhr sie wieder mit dem Bus nach Hause. Ihr Mann war immer noch nicht da. Sie deckte den Tisch, richtete eine kalte Platte. Saß dann vor dem Essen und starrte es nur an.

Aus der Nachbarwohnung hörte sie seit Langem wieder das Lachen der Frau. Sie sprang auf und schob den schweren Kasten an die Wand. Sie ging ins Schlafzimmer und legte sich unter die Decke.

Wenn er sich etwas angetan hatte? Sie glaubte es nicht. Sie hatte bei seiner Arbeitsstelle angerufen. Es hieß, er habe Urlaub genommen, drei Wochen. Sie würde morgen wieder zur Arbeit gehen und anschließend zur Polizei, um sein Verschwinden zu melden.

In der Nacht schüttelte sie ein Weinkrampf.

Früh auf der Treppe dann begegnete ihr der Russe, er sah sie an, und da liefen ihr schon die Tränen in den Mantelkragen.

»Kommen Sie«, sagte er, »Sie reden mit Liv, und ich koche uns Blini.«

Liv lag auf dem Sofa, zugedeckt bis zur Nasenspitze, die Krücken lehnten an der Wand.

»Er kommt wieder«, tröstete sie Gerti, »lassen Sie ihm ein wenig Zeit, er wird sich nach seinen Gewohnheiten sehnen.«

»Als ich ihn kennenlernte, war ich sehr verliebt«, sagte Gerti. »Ich saß im Bus und hatte mein Buch vergessen, *Anna Karenina*, er lief mir nach und gab es mir. So fing es an. Wir beide leben richtig nur in Büchern, das wirkliche Leben ist für uns das falsche.«

»Und Ihr Mann wollte endlich ins wahre Leben zurück«, sagte Liv und fügte schnell hinzu, so denke sie es sich.

»Aber ich finde mich nicht mehr zurecht, es ist zu spät«, sagte Gerti.

Aus der Küche roch es nach Fett, und Musik klang ins Wohnzimmer.

»Lieben Sie Musik?«, fragte Liv. »Ich höre den ganzen Tag Radio, Wortsendungen, Klassik, Diskussionen, da habe ich das Gefühl, nicht allein zu sein.«

»Das muss ich mir angewöhnen. Kann man sich das einfach so angewöhnen?«, fragte Gerti.

Liv nahm ihre Hand. »Wärme ist wichtig, Sie sollten nie frieren, sich satt essen ist wichtig.«

Der Russe brachte drei Teller, verteilte das Essen, und sie wünschten einander guten Appetit.

»Sex ist auch wichtig«, sagte der Russe, und als er das Gesicht von Gerti ansah, das so traurig wirkte, sagte er: »Entschuldigung.«

# 10

Als der Mann aus heiterem Himmel seine Sachen gepackt und ohne eine Ankündigung die Wohnung verlassen hatte, fuhr er mit dem Taxi zum Bahnhof, schaute auf die Abfahrtszeiten und entschloss sich von einer Sekunde zur anderen, in den Zug nach Berlin einzusteigen.

Er wehrte den Gedanken an seine Frau ab, die gehörte jetzt nicht in seinen Roman.

Er hatte als Student in Berlin gelebt, war viel in Literaturkreisen unterwegs, hatte es selber mit dem Schreiben versucht, was nicht so recht hatte gelingen wollen. Er blieb beim Lesen. Einmal sagte ein Professor zu ihm: »Sie sind der belesenste Mann, den ich kenne.«

Er wurde zu Diskussionen eingeladen, seine Rhetorik schulte sich. Nach einer dieser Veranstaltungen hatte er seine Frau kennengelernt, eine Bücherbesessene wie er. Das vereinte sie. Sie war seine erste Frau, er ihr erster Mann. Sie tauschten sich über Literatur aus, und kannte einer nicht, was der andere gerade las, holte er es eilig nach. Sie hatten bescheidenen Sex, weil jeder im Kopf in einer Romanszene liebte.

Da traf er auf einer Party eine dunkelhaarige Frau, die so schön war, dass er sich wunderte, von ihr wahrgenommen zu werden. Er war nur in seinem Roman begehrenswert. Sie hatte wenig übrig für Literatur, das saftige Leben war das Ihre. Bei jeder seiner Handlungen fragte er sich, ob sie wohl in ihrem Sinn wäre. Dann verlor er sie an einen anderen.

Beinahe wäre er vor Unglück gestorben, wieder ein Thema für einen Roman, den ich bald schreiben werde, hatte er sich gedacht. Wieder misslang es. Er war zu nichts imstande.

Da hatte er seine Literaturliebe wieder getroffen und sie von der Stelle weg geheiratet. Er sehnte sich nach Sicherheit.

Jetzt, nach dreißig Jahren, stand er vor dem Haus, in dem er mit der Dunkelhaarigen ein halbes Jahr gelebt hatte. Er sah zu den Fenstern hoch, schaute auf die Namen bei den Klingeln, drückte sie alle nacheinander, bis endlich die Tür aufschnappte. Er betrat das Haus, lief die Treppen hinauf und hielt vor der Wohnung, in der er vor dreißig Jahren ...

Ein fremder Name stand auf der Tür. Er klingelte, und ein Kind öffnete. Ein Mädchen mit schwarzen Locken und einem rosaroten Ballettröckchen. »Wie heißt du?«, fragte er das Kind. »Ist deine Mutter da?«

»Ich heiße Tiffy, und meine Mutter ist tot.«

Der Vater erschien in der Tür, ein großer Mann in Unterhemd. »Wen suchen Sie?«, fragte er.

»Eine dunkelhaarige Frau, die vor dreißig Jahren hier gewohnt hat.«

»Er meint wahrscheinlich die Oma«, sagte Tiffy, »die lebt, wo es immer so kalt ist.«

*Franz Hohler*

*Das verlorene Lachen*

Über das Lachen nachdenkend, kam mir der Titel einer Novelle von Gottfried Keller in den Sinn, in der jemand das Lachen verlor. Ich ging in mein Bibliothekszimmer, zum großen, bis zur Decke reichenden Gestell, in dem die deutschsprachige Literatur alphabetisch eingeordnet auf Besuch wartet, auf *meinen* Besuch, und da war ich, und Gottfried Keller war auch da, gleich hinter Daniel Kehlmann, und zwar mit seiner Gesamtausgabe, aber bevor es mit Ingomar Kieseritzkys Buch über seine Tanten weiterging, leuchteten ein paar gelbe Reclam-Bändchen hervor, die ich gerne auf Wanderungen oder Bergtouren mitnehme, und siehe da, darunter war auch die gesuchte Keller'sche Novelle *Das verlorne Lachen*, schon das fehlende e deutete einen Verlust an, und da ich im Sinn hatte, nächstens auf meine Alp im Tessin zu steigen, legte ich es mir als Lektüre hin. Bloß wohin? Als ich am Abend vor der Abreise meinen Rucksack packte, fand ich es nicht mehr. Ich war mir sicher, dass ein Griff auf den Tisch im Bibliothekszimmer genügte, aber dort lagen nur Gegenstände, die auf der Alp fehlten, Clips zum Verschließen von angebrauchten Polenta- oder Risottopackungen etwa, eine Dose Anti-Brumm oder eine Zange mit verstellbaren Greifern, ein sogenannter Engländer, aber kein Keller. Ich suchte an allen Orten, wo ich es sonst noch hingelegt haben könnte, darauf wartend, dass mir das vertraute gelbe Büchlein von irgendeinem Tisch oder Tischchen entgegenlachte oder dass es vielleicht unter einer Zeitung hervorkicherte, aber es half nichts, es narrte mich und blieb verlorn.

Dinge zu suchen und nicht zu finden, gehört zu den Demütigungen des Alters, und dass man das Gesuchte vor Kurzem erst in der Hand hatte, macht die Sache noch schlimmer. Doch dann beschloss ich, aus der Opferrolle zu treten, nahm den vierten Band der Gesamtausgabe heraus, zögerte einen Moment, als ich das Gewicht in der Hand spürte, ging in die Küche und legte ihn auf die Waage. Sie zeigte 1 kg an. Zum Vergleich wog ich das Reclam-Bändchen *Der Landvogt von Greifensee*, um noch einmal dem Leichtgewicht nachzutrauern: 75 g. Ich war also bereit, aus Trotz ein kulturelles Übergewicht von nahezu einem Kilogramm den anderthalbstündigen, steilen Weg zur Alp in der Sommerhitze hochzutragen, nur damit ich nachlesen konnte, wie Gottfried Keller jemandem das Lachen austrieb.

Im ersten Zug nach Süden, der den Bahnhof Zürich um zehn nach sechs Uhr verlässt, setzte ich mich in den Speisewagen, bestellte ein kleines Frühstück, las in der *Neuen Zürcher Zeitung*, dass Demonstranten in Hongkong das Parlamentsgebäude gestürmt und verwüstet hatten, dass die deutsche Kapitänin eines Rettungsschiffes für Flüchtlinge in Lampedusa unter Hausarrest festgehalten wurde und dass sowohl die Zahl der Einwanderer aus der EU in die Schweiz als auch die Zahl der Asylsuchenden markant abgenommen hatte.

Als der Zug den Vierwaldstättersee erreichte, blickte ich zum Schillerstein am gegenüberliegenden Ufer hinüber, dachte an Gottfried Keller, der seinen 70. Geburtstag in Seelisberg oberhalb des Rütlis gefeiert hatte, holte dann, kurz bevor wir in den längsten Eisenbahntunnel der Welt einfuhren, Band IV aus der obersten Rucksacktasche und begann die Geschichte zu lesen.

Sie nahm ihren Anfang an einem prachtvollen Sommermorgen mit einem Sängerfest, zu dem ein Männerchor aus Seldwyla marschierte, an der Spitze als Fähnrich ein schlank gewachsener junger Mann mit bildschönem Antlitz namens Jukundus Meyenthal, der mit seiner Fröhlichkeit und seinem eigentümlich angenehmen Lachen stets eine gute Stimmung verbreitete und deswegen in ganz Seldwyla beliebt war. Obendrein war er ein guter Sänger, der das Eröffnungslied des ersten Kapitels sang, welches mit den Versen anfing:

*Drei Ellen gute Bannerseide*
*ein Häuflein Volkes, ehrenwert,*
*Mit klarem Aug, im Sonntagskleide,*
*Ist alles, was mein Herz begehrt.*

Es erstaunt uns nicht, dass der Fahnenträger alle vier Strophen des Liedes vollkommen durchsang, mit freudeheller und doch gemäßigter Baritonstimme.

Eine Erzählung, in der eine Abwärtsbewegung angekündigt wird, muss mit einer Aufwärtsbewegung beginnen, und so gewinnt der Seldwyler Männerchor das Wettsingen mit dem Lied *Veilchens Erwachen!*, denn die Sänger hielten den ebenso zarten als schweren Gesang durch alle schwierigen Harmonien und Verwickelungen hindurch aufrecht und ließen ihn so weich und rein verhauchen, dass man das blaue Veilchenknöspchen glaubte leise aufplatzen und das erste Düftlein durch die Halle schweben zu hören. Bei der Preisverleihung taucht die schöne Justine Glor aus Schwanau auf und überreicht Jukundus, der unversehens mit seiner Fahne vor ihr stand und in frohem Glücke lachte, den Siegerkranz. Und da strahlte wie ein Widerschein das gleiche schöne Lachen, wie es ihm eigen, vom Gesichte der Kranzspenderin.

Bei dieser Stelle hatte die Fahrt durch den weltlängsten Tunnel ein Ende, und die strahlende Tessiner Sonne empfing den Leser und die Festgemeinde, es folgte eine Schifffahrt zur Familie Glor in Schwanau, und als ich in Bellinzona in die S-Bahn nach Locarno umstieg, war klar: Die beiden Schönen hatten sich ineinander verliebt.

In Locarno nutzte ich die halbe Stunde Aufenthalt, um mir im kleinen *avec* am Bahnhof ein Paar Cervelats, einige

Aprikosen und Tomaten zu kaufen sowie einen Multivitaminsaft für den Aufstieg, dazu in der bekannten Bäckerei *Al Porto* ein Brot, auf das ich mit dem Wort »questo« zeigte, weil ich keinen Namen dafür wusste, worauf es mir die Tessiner Verkäuferin mit klangvoller Stimme als »Uuurdinkel« vorstellte.

Der Bus ins Maggiatal war mit NON SALIRE angeschrieben, nicht einsteigen also, der Chauffeur stand daneben und rief wie in alten Zeiten »Vallemaggia!« aus. Die Batterie für die Anzeige oder was auch immer sei leer, »vuoto«, hörte ich ihn nachher zu einem mitfahrenden Kollegen von der Centovallibahn sagen.

In Someo stieg ich aus, zusammen mit einem Wanderer, der mich fragte, ob ich auch nach Alzasca unterwegs sei, was ich verneinte, ihn aber darin bestärkte, dass das ein sehr schönes Ziel sei, mit einem wunderbaren See oberhalb der Hütte.

Mein Weg ging auf der anderen Talseite hoch; gleich nach dem Gang durchs Dorf zog ich mein Hemd aus und legte mir ein Frottiertuch auf die Schultern. Beim Teleskopstock, den ich mitgenommen hatte, ließ sich das untere Stück nicht mehr festschrauben, ich deponierte die beiden Teile am Wegesrand, um sie auf dem Rückweg wieder mitzunehmen. Es war Viertel vor zehn, die Sonne war im Talgrund gerade erst aufgegangen und hatte ihre volle Kraft noch nicht entfaltet, zum Teil führte der Weg auch durch schattige Kastanien-, Birken- und Eichenwälder. An drei Bildstöcken kommt man vorbei, beim zweiten, auf dem Christus ein Mahl mit zwei Jüngern abhält und das Brot mit einem gekrümmten Kastanienmesser schneidet, machte ich eine Rast, brach mir einen Ast als Wanderstab ab, aber ein Rucksack bleibt ein Rucksack, und er war ganz klar ein Kilogramm zu schwer.

Nach anderthalb Stunden in der Alphütte angekommen,

galt es zuerst, Wasser zu holen, den Ofen einzufeuern für eine Bouillon, eine kleine Grube für die Toilette zu graben, die Matratze aus der zweiten Hütte zu holen und was dergleichen Dinge mehr sind, um die Behausung bewohnbar zu machen, und es wurde später Nachmittag, bis ich erfuhr, dass Jukundus als einziger Sohn in bescheidenen Verhältnissen bei seiner verwitweten Mutter lebt, dass er allerdings eine Ausbildung als Unterrichtsoffizier begonnen hat und kaum mehr zu Hause ist, dass er jedoch seiner Mutter mit etwas zu bewegten Worten seine Begegnung mit der schönen Justine schildert, um die er aber nicht zu werben wagt, da sie einer reichen Familie angehört – und er einer wenig bemittelten.

Doch nun wird die Mutter, vom Wunsche angespornt, ihrem Jukundi, wie sie ihn nennt, den bestmöglichen Weg ins Leben zu bereiten, zur Kupplerin, es kommt in einem Kurhause, welches die Glors besuchen und in welchem auch Frau Meyenthal, Jukundis Mutter eben, sich eingefunden hat, zu einer erneuten Begegnung der zwei, als der Sohn im Urlaub vom Militär dort seine Mutter besucht; zuvor hat diese die Glor'sche Tochter kennengelernt, und sie sah deren holdes Lächeln, welches dasjenige ihres Sohnes war, genau mit dem leisen Schatten einer Sehnsucht gemischt wie das seinige. Nachdem sich Jukundus für den Bruder Justines, der mit ihm in der Ausbildung war und sich in eine dumme Geschichte mit einer Duellforderung verstrickt hatte, mit einem guten Ratschlag stark machen konnte, schien den Eltern Justines der Moment gekommen, trotz ihrer Standesvorbehalte in die Hochzeit der beiden einzuwilligen.

An dieser Stelle war es Abend geworden, ich bereitete mir einen kleinen Apero aus Darvida-Brötchen zu, die ich mit einem Tessiner Ziegenkäse bestrich und fein geschnetzelte rote Peperonischeibchen darauflegte, und mit einem Zweier Prosecco, der als einziges alkoholisches Getränk noch im Keller übrig geblieben war, setzte dann eine Polenta auf, schnitt eine der beiden Cervelats in zwei Hälften und briet sie mit einer Frühlingszwiebel in Olivenöl, machte einen Salat aus einer mitgebrachten Endivie und einer in Locarno gekauften Tomate und trank dazu ein Glas Rioja aus einem 37,5-dl-Fläschchen, das ebenfalls meinen Rucksack beschwert hatte.

Über dem Essen war es dunkel geworden, ich zündete einige Kerzen an und las weiter, wie es den jungen Eheleuten erging.

Sie wohnten in Seldwyla, bei der Mutter von Jukundus. Dieser brach seine militärische Ausbildung ab, weil sie mit zu häufiger Abwesenheit verbunden gewesen wäre, und errichtete ein Handelsgeschäft, um das Bau- und Brennholz der Gemeinde anzukaufen und auszuführen, was sowohl für ihn als auch für die Gemeinde gute Erträge abwarf. Man fing nun in großem Umfang an, die Wälder abzuholzen, »und es wandelte«, schreibt Keller, »ungesehen schon der Tod durch die weiten Waldeshallen, schlich längs den Waldsäumen hin und klopfte mit seinen Knochenfingern an die glatten Stämme.« Während Jukundus mit dem Handel einen ordentlichen Gewinn machte, begannen die Wälder einer nach dem andern zu fallen, und ihm wird es unheimlich, ja, er schämt sich, und langsam verschwindet das Lächeln von seinem Gesicht.

Beim Fällen eines Stücks Mittelwald bleibt nur noch eine tausendjährige Eiche auf einem Hügel übrig, ein Baumdenkmal, das meilenweit zu sehen ist. Die Gemeinde verspricht sich einen besonderen Gewinn von diesem Baum, Jukundus versucht sie vergeblich davon abzubringen, und schließlich kauft er selbst den Baum, um ihn zu erhalten. Das ist der Anfang seines geschäftlichen Niedergangs, er wird nicht mehr ernst genommen, man sieht ihn als Spinner an und haut ihn von allen Seiten übers Ohr. Am Ende muss er, um dem drohenden Konkurs zu entgehen, die Eiche der Gemeinde wieder verkaufen, zieht mit seiner Justine, die seinen Niedergang kommen sah und sich große Sorgen um ihn machte, nach Schwanau, und als sie langsam über eine ferne Bergeshöhe hinwegfahren und zurückschauen, sehen sie, wie die alte Eiche schwankt und auf einmal nur noch der leere Himmel an ihrer Stelle ist, und »da ging es ihm durchs Herz, wie wenn er allein schuld wäre und das Gewissen des Landes in sich tragen müsste.«

Während sich das Unheil über Jukundus zusammenzog, begann es draußen zu donnern und zu wetterleuchten, ich putzte mir am Wasserkanister vor dem Haus rasch die Zähne und kroch in meinen Schlafsack, und dann brauste ein Gewitter von den Hängen herunter, das die Nacht taghell erleuchtete und dessen Donner von der gegenüberliegenden Talseite widerhallte, sich verdoppelte geradezu, ein Sturm schüttelte die alten Kastanien und den riesigen Eichenbaum, dass ihre Kronen und Stämme jammerten, mit dem ganzen wilden Wald, der sie umgibt, doch die über hundertjährige Alphütte, in der ich meine Matratze möglichst weit vom Eisenofen wegschob, blieb unbeeindruckt stehen, und vom gewaltigen Regen, der auf das Dach herabstürzte, drang kein einziger Tropfen durch die sorgfältig geschichteten Granitplatten herein.

Am nächsten Morgen kam der Hüttenbauer, der vor etwa zwölf Jahren an den drei Alphütten, die wir benutzen, kleinere Reparaturarbeiten durchgeführt hatte, um sich zu versichern, dass alle Balken, die das Dach tragen, noch hielten und dass das Dach nirgends leckte; für die nächsten zwanzig Jahre, fand er, könne ich beruhigt sein. Sollte ich in zwanzig Jahren noch da sein, wäre ich 96, diese Rechnungen macht man im Ernst und präsentiert sie als Scherz, und in dieser Mischung schwingt unweigerlich Melancholie mit. Die Häuser werden dich überleben, so wie sie ihre Erbauer und ihre Nachkommen überlebt haben. Auf einer der Hütten ist eine Jahrzahl in eine zementierte Fuge eingeritzt: 1873 – in diesem Jahr schrieb Gottfried Keller sein *verlornes Lachen* –, davor die Initialen F.B.F. Bestimmt steht der erste Buchstabe, so sagte ich mir immer, für Francesco, und ich sehe ihn vor mir, stolz und selbstbewusst vor dem großen Stall für seine sechs Kühe, zehn Ziegen und sieben Schafe. Ein Alpnachbar, der heute 92 ist, erzählte mir einmal, zu seiner Jugendzeit habe es in Someo 600 Stück Vieh gegeben, heute gibt es kein einziges mehr.

Am Nachmittag zieht Jukundus bei der Familie seiner Frau in Schwanau ein, hält sich zunächst eine Weile bei Justines Großeltern auf, denen er zur Hand geht, bis er von Vater Glor in seinen Betrieb gerufen wird, um in der Verwaltung der Seidenweberei mitzuarbeiten und Verantwortung für die weltweite Abwicklung des Handels zu übernehmen. Schon recht bald stellt sich aber heraus, dass er für diese Tätigkeit nicht geeignet ist, dass er nicht nur den Geschäftspartnern, sondern auch den Arbeitern gegenüber zu leichtgläubig ist und nicht mit der notwendigen Schnelligkeit auf veränderte Umstände im Angebot oder der Nachfrage reagieren kann. Ehe ein halbes Jahr vorüber ist, hat er »wie ein verborgener Marder einen merklichen Schaden in Gestalt eines Mindergewinns angerichtet«, und man will ihn im Geschäft nicht weiter beschäftigen. Als er dies erfährt, macht er sich auf den Weg ins Pfarrhaus, um seine Frau abzuholen, die dort einem Vortrag des Pfarrers über die Wiederbelebung der Kirche beiwohnt.

An dieser Stelle rief mich der Förster auf meinem Handy an, denn ich hatte abgemacht, dass jemand von der Agenzia forestale vorbeikäme, um die Probleme zu besprechen, die sich mit den Kastanien und den Birken ergeben hatten. Der Leiter dieser Arbeiten, sagte mir der Förster, müsse an einer Suchaktion für einen Vermissten im Val Bavona teilnehmen, und fragte, ob ich denn um vier Uhr noch da sei. Dies bejahte ich und las dann weiter über den Pfarrer, der eine restaurative Kirchenbewegung unterstützt, welche die Kirchen wieder von der protestantischen Schmucklosigkeit befreien will und schon deshalb an vermögenden Gemeindemitgliedern wie Justine interessiert ist, da sie etwa in der Lage sind, eine neue Wand- und Deckenbemalung zu finanzieren oder für gemalte Fenster mitzusammeln, damit die lichten Bogen »mit schwächlichen Evangelisten- und Apostelgestalten ausgefüllt wurden«.

Der Förster telefonierte nun nochmals, um mir mitzuteilen, die Suchaktion dauere noch an, und falls ich morgen Vormittag noch auf der Alp sei, kämen sie um acht Uhr mit dem Helikopter.

Das ließ mir die Zeit, um auch noch Jukundus' Disput mit dem Pfarrer mitzubekommen, der ihm schwere Vorwürfe wegen seines auffälligen Fernbleibens von der Kirche macht, worauf ihm Jukundus erwidert, »wir dürfen nicht immer von neuem anfangen, Lehrämter zu errichten über das, was keiner den andern lehren kann«, und er wolle von ihm vollkommen in Ruhe gelassen werden. Auf dem Heimweg lässt Justine den Arm ihres Mannes plötzlich fahren, sie schreit ihn an, er möge gehen, wohin er wolle, sie werde ihm nicht folgen, wenn er in ihrem Hause nicht zu gedeihen vermöge, und untermauert diese Schmähung mit einem Schimpfwort, das sie kaum je gebraucht hat. Das führt dazu, dass Jukundus samt seiner Mutter, die mit ihm nach Schwanau gezogen ist, noch in derselben Nacht heimlich das Glor'sche Haus verlässt und in die Hauptstadt zieht.

Justine versucht am andern Morgen vor dem Spiegel schmerzlich zu lächeln, allein ihr Mund und beide Wangen waren starr und unbeweglich wie Marmor, und der

Mund blieb von nun an verschlossen, vom Morgen bis zum Abend und einen Tag wie den andern.

Das tat mir leid, aber trotzdem machte ich mir auf dem Holzofen ein Gemüserisotto mit Peperoni und Zucchetti und trank dazu den Rest Rioja. Am späteren Abend meldete sich zwar wieder ein Gewitter an, es blieb jedoch beim fernen Donnerrumpeln, und bei der Dämmerung setzte ich mich auf die Wiese vor der Hütte, spielte etwas auf meiner Blockflöte, schaute den Fledermäusen zu, die herumzuschwirren begannen, und als es dunkler wurde, schwebten hinter der unteren Hütte Leuchtkäfer herauf und tanzten über die Wiese an mir vorbei in die Tiefe der Wälder. Die vollkommene Lautlosigkeit wurde nur ab und zu vom Brummen eines Flugzeugs hoch oben auf dem Weg nach Milano unterbrochen, danach war es umso stiller.

Bevor ich mich schlafen legte, zündete ich die sieben Kerzen auf dem Tisch an, um zu erfahren, wie es Jukundus in der Landeshauptstadt erging. Er traf dort einen alten Militärkameraden, der ihm eine Stelle in seinem Geschäft anbot, und nun war er, aus den Ansprüchen seiner Gemeinde und der Glor'schen Seidenweberei entlassen, auf einmal in der Lage, seine Tätigkeit so zu verrichten, dass sie auch für seinen neuen Arbeitgeber zum Erfolg beitrug. Allerdings schloss er sich einer Bewegung an, die sich zum Ziel setzte, hochgestellten Persönlichkeiten des öffentlichen Lebens durch üble Nachrede so zu schaden, dass die Weiterführung ihres Amtes gefährdet war, wodurch man eine grundlegende Veränderung der politischen Verhältnisse herbeizuführen hoffte. Als er einmal eine größere Versammlung einlud und bewirtete und man beriet, welchen Volksfeind und Unterdrücker man als Nächsten drannehmen könnte, und niemand genau wusste, wie man das anstellen sollte, rief einer, da müsse das Ölweib her, eine alte Frau, die in einer entlegenen Hütte wohne und die es verstehe, in wenig Tagen das Land mit einem Gerüchte anzufüllen, und Jukundus anerbot sich, die Mission zu übernehmen.

Hier löschte ich die Kerzen aus und schlief sehr bald ein, doch als ich um halb drei Uhr auf Drängen meiner Blase erwachte, konnte ich nicht gleich wieder einschlafen, setzte mich an den Tisch und erfuhr im Schein meiner Solartaschenlampe, die sich tagsüber mit Licht vollgesogen hatte, dass das Haus Glor in den Strudel einer Weltwirtschaftskrise geriet und auf einmal mit der Armut Bekanntschaft machte, dass Justine, als sie beim Pfarrer Rat holen will, von diesem zu hören bekommt, dass er den Glauben gänzlich verloren habe und nichts mehr von dem, was er gepredigt hatte, als wahr erachten könne. Justine ist verstört und erinnert sich nun an eine Frau und ihre Tochter, die in der Weberei gearbeitet und immer einen glücklichen Eindruck erweckt hatten, obwohl sie praktisch nichts besaßen, und sie macht sich auf, die beiden zu besuchen.

Währenddessen setzte sich auf einmal ein zierlicher kleiner Nachtfalter auf den Text, mit einer überaus feinen Zeichnung auf seinen vier Flügeln, und wenig später, als hätte ihn der erste gerufen, ein zweiter. Ich musste die Seiten sehr vorsichtig wenden, weil die beiden offenbar weniger schnell lasen als ich, und es hatten sich bereits vier Falter auf den Keller'schen Seiten niedergelassen, als meine Solartaschenlampe zu flackern begann, bevor ihre Lichtvorräte erschöpft waren und sie mich zu Bett schickte, denn ich war zu bequem, die sieben Kerzen nochmals anzuzünden, sodass ich mich verkroch und beim Ruf des Waldkauzes wieder einschlief.

Am nächsten Morgen landete kurz nach acht Uhr auf der gut gemähten Wiese des Alpnachbars unterhalb unserer Wildnis ein Helikopter, und der Förster stieg zusammen mit dem Leiter der Waldarbeiten aus. Der Vermisste, ein Pilzsammler, war gestern Abend gefunden worden, und gemeinsam schauten wir jetzt alle großen dürren Äste der Kastanienbäume an, die es abzusägen galt. Einer davon war auf eine verfallene Hütte nah bei unserer bewohnten Hütte gestürzt und lag noch schräg über dem Fußweg. Die Hitze des vergangenen Sommers hatte auch den Kastanien zugesetzt, sie seien, meinte der Förster, zwischen 300 und 400 Jahre alt, ihre knorpeligen Rinden legen sich wie Rüstungen um die riesigen Stämme, die sich in zwei oder drei Hauptstämme teilten, und jeder der Bäume bildete fast einen kleinen Wald. Dann schauten wir die Bäume an, welche den Kastanienkronen im Weg standen, die Birken, die zum Teil schon umgestürzt dalagen wie gefallene Krieger oder die sich so über die Hütten neigten, dass sie auf ihre Dächer kippen könnten. Der Förster markierte sie alle mit einem roten Spray, für die Bäume bedeutet das, dass der Tod mit seinen Knochenfingern an die glatten Stämme klopfte. Im Herbst werden sie die Rodungen machen, wenn kein Laub mehr da ist, aus den krummen Ästen wird es Holzhaufen geben, die für den Ofen zu gebrauchen sind, die Stämme werden so zersägt, dass sie mit dem Helikopter ins Tal gebracht werden können.

Die beiden verabschiedeten sich und gingen zu Fuß ins Tal hinunter, ich räumte auf, verschloss die Hütten und begab mich ebenfalls auf den Abstieg.

Der Teleskopstock lag noch da, frisch zusammengesetzt, und ließ sich erstaunlicherweise wieder problemlos ausziehen, der Bus brachte mich nach Locarno, in der S-Bahn nach Bellinzona aß ich die zweite Cervelat mit dem Rest des Uuurdinkelbrotes, und im Schnellzug nach Zürich las ich im Band IV, dessen Schnitt etwas gelitten hatte, den letzten Teil der Novelle; dort will es der Zufall und der Dichter, dass die armen, aber zufriedenen Frauen, die Justine besucht, im selben abgelegenen Haus wohnen wie das Ölweib. Bis Biasca wurde mir noch die Lebensgeschichte der armen Frau erzählt, die ihren Frieden in einer verfolgten Glaubensgemeinschaft gefunden hatte, im großen Tunnel folgte dann das hässliche Gespräch zwischen Jukundus und dem Ölweib, der »Sibylle der Verleumdung«, das mit einem Schrei des Weibs endet, der Justine aus dem andern Hausteil herbeiruft, und als der Zug aus dem Nordportal in die Sonne des Reusstales hinausglitt, war die Versöhnung der beiden Eheleute nicht mehr aufzuhalten, vom Schillerstein herüber glänzten die goldenen Buchstaben, die zwei bekamen später einen Sohn und eine Tochter, welche sie Justus und Jukunde nannten, und sie hatten ihr Lachen wiedergefunden.

Nur ich, als ich nach Hause kam und nochmals überall durchging, wo ich das gelbe Reclam-Bändchen hingelegt haben könnte, fand es nicht mehr. War das möglich, dass es verlorn war? Nein, das konnte nicht sein. Doch, drei Tage lang konnte es sein, und erst am vierten Tag entdeckte es meine Frau unter einem Spielzeugxylophon, auf dem ich mit meiner Enkelin zusammen *Alle meine Entlein* gespielt hatte.

*Root Leeb*

# *Rausch und Poesie des Lachens*

# *In vino*

Sie wollte eine lustige Geschichte schreiben. Das war sonst nicht so ihre Art.

»Nur, wenn du wegschaust, kannst du lachen, wenn du hinschaust, bleibt es dir im Halse stecken«, sagte sie immer. Genau das war ihre Art: hinzuschauen.

Daher wollte sie (und musste sie, um gegen diese ihre Art anzuschreiben) sich erst einmal mithilfe von irgendetwas in eine heitere Stimmung versetzen, sie dachte, dann würde es ihr leichter fallen.

Sie holte sich eine Flasche Weißwein, goss sich ein Glas ein und trank es erwartungsvoll aus. Und goss sich gleich noch einmal ein. Das war sonst nicht so ihre Art.

Sie hatte zuvor auch anderes in Erwägung gezogen: Bier kam nicht infrage, es schmeckte zwar gut, machte aber müde. Sie fiel regelmäßig nach bereits einer Flasche in Tiefschlaf. Selbst bei spannendsten Tätigkeiten. Auch Rotwein hatte auf sie überwiegend beruhigende Wirkung. Für Haschisch, Ecstasy, LSD oder andere aufputschende Drogen war sie zu ängstlich.

Und für Kaffee zu nervös. Sie trank nur die eine obligatorische Tasse am Morgen (und die mit viel Milch), um wach zu werden. Meist frühstückte sie zusammen mit ihrem Mann, der aber gerade nicht da, sondern für ein paar Tage auf Geschäftsreise war.

Also half jetzt zur Ermunterung nur Weißwein. Aus den Vorräten ihres Mannes, der sicher nichts dagegen hatte, dass sie sich bediente, es vielleicht nur bedauern würde, dass er nicht mit ihr gemeinsam …

Am besten ein spritziger Weißer, ein fränkischer Riesling, hatte sie zuerst gedacht, der würde sie in Stimmung bringen.

Aber Franken? Die waren ja nicht gerade berühmt für lustig (außer an den wenigen verordneten Tagen im Jahr, an denen sie Fastnacht feierten), aber das lag sicherlich daran, dass sie immer zu viel von ihrem süffigen Wein tranken und dann müde wurden. Und außerdem aßen sie wahrscheinlich zu viel dazu, Schäufele oder Schweinebraten oder blaue Zipfel zum Beispiel und tranken womöglich auch erst einmal ein Bier zum Essen.

Und Riesling? *Riesling* – wie das schon klang! Nach Fiesling, miesepetrig und nicht ganz dicht, überhaupt nicht spritzig, eher wie bieseln.

Also doch lieber etwas anderes, hatte sie überlegt. Vielleicht einen Silvaner? Klang auch nicht besser, tranig, langgesichtig und schlecht gelaunt, womöglich noch mit Doppelkinn. Da konnte sie ja gleich einen Müller Thurgau trinken; aber trocken, hager, dabei sicher steif wie ein Stock und noch dazu wohl adlig, das war mit Sicherheit nichts für sie, gottlob hatte sie sich gegen den Herrn mit dem Doppelnamen entschieden.

Leider hatte ihr Mann, wie sie beim Gang in den Keller feststellen musste, nur deutsche Weine auf Lager. Ein Chablis hätte ihr gut gefallen. Chablis, Chablas, Chablabla: Darauf hätte man schon etwas kalauern können.

Sie schenkte sich noch einmal ein. Juchheisa, das war gar nicht schlecht, das Tröpfchen, galoppierte förmlich mit ihr davon, hieß ja auch Traminer, das klang schon flotter und nach Trab und hinten in die Höh, ins Helle hinein und frohgemut.

Jajaja, Kritik aufgrund von Namen ist nicht fair, das wusste sie natürlich, und beruflich ließ sie sich ja auch nie davon beeinflussen, wie jemand hieß. Jemanden wegen seines Namens aufziehen ging schon gleich gar nicht, nein, das kam überhaupt nicht infrage, hicks (was war das denn?), denn den Namen hatte sich ja in der Regel niemand selbst gegeben, der war also so was wie Schicksal. Na ja, zugegeben, mit einem Ralf Rüdiger würde sie nicht unbedingt ins Bett gehen wollen, hicks (noch mal!), aber da hatte es gottlob noch keinen in ihrem Leben gegeben …

Aber die Weinsorten, die hatte ja irgendjemand so benannt, und alle hatten zugestimmt, und das konnte man ja durchaus und ganz legitim mal etwas genauer betrachten. Und Gelungenes anerkennen und von weniger Gelungenem unterscheiden. Ja, so ein Schlückchen, besser, ein, zwei Gläschen, um die Zunge, nein, das Gehirn zu lockern, das war nur empfehlenswert! Sie schenkte sich gleich noch einmal ein. Ein bisschen Sonneborn dazu lesen und die Welt von der spaßigen Seite betrachten, das wäre jetzt nicht schlecht … Und noch ein Gläschen. Bloß nichts Bitteres, hoffnungslos Ernstes, Tragisches … Nein, das würde schon …

Jetzt klingelte auch noch das Telefon.

Nein, das Handy.

Verflixt.

Das war ja der Gipfel – der Intendant! Bongschur missjö.

Yes, you are schon richtig. Nur ob ich es bin, weiß ich gerade nicht so genau. Wird schon passen … Mach ich. Ja, auf jeden Fall. Noch heute. Jawoll. O rewoa. Oder so ähnlich.

Was soll ich?

Auf jeden Fall noch heute.

Dass ich nicht lache.

So ein Mistkerl.

# *Vorne stehen*

Lie ist die Beste in ihrer Klasse, und obwohl sie eine ziemlich leise Stimme hat, wurde sie ausgewählt, beim Jahresabschluss einen Text von Erich Kästner vorzulesen. (Die Abkürzung »Lie« resultiert aus der Tatsache, dass Lie eine von fünf Amelies in ihrer Klasse ist.) Diesmal wird besonders gefeiert, da die meisten Kinder im nächsten Jahr auf andere Schulen gehen werden, sich viele Wege also trennen. Die Eltern, weitere Verwandte sowie Lehrerinnen und Lehrer sind eingeladen. Da Sommer ist, soll die Feier auf der großen Wiese hinter dem Schulhaus stattfinden, nur im Notfall, bei Regen und Kälte, wird man in die Turnhalle ausweichen, aber damit rechnet eigentlich niemand.

Alle freuen sich schon auf das Fest. Im Anschluss an die Reden und die Zeugnisverteilung wird es Kaffee, Limo, auch eine große Auswahl anderer Getränke, Kuchen und Törtchen geben, die Vorbereitungen sind schon in vollem Gang, es wird gebastelt, gemalt, gebacken und das ganze Haus geschmückt.

Nur eine freut sich nicht: Lie. Sie hat Angst vor dem Vorlesen, traut sich aber nicht, das zu sagen. Stattdessen übt sie zu Hause gewissenhaft ihren Text, bis sie ihn fast auswendig kann. Mutter und Vater sind ungeheuer stolz auf sie, und auf die Frage der Mutter, ob sie denn gar nicht nervös sei, hat Lie nur mit den Schultern gezuckt, und damit war das Thema beendet.

Endlich kommt der große Tag. Die Sonne scheint, die bunten Tischtücher flattern im Wind, etwa achtzig Menschen, große und kleine, Eltern und Kinder, Lehrerinnen und Lehrer sitzen an den mit Blumen geschmückten Tischen und hören mit aufgeregter Andacht erst der bewegenden Rede des Schulrektors, dann den lobenden und aufmunternden Worten der Klassenlehrerin zu, die unmittelbar danach die Verteilung der Zeugnisse vornimmt. Jedes Kind bekommt Applaus und bedankt sich mit einer kleinen Verbeugung (auch das wurde vorher ausgiebig geübt).

Ja, und dann wird Lie von der Klassenlehrerin noch einmal nach vorne gebeten. Man hat das Mikro schon auf die für sie passende Höhe eingestellt. Lie tröstet sich bei immer größer werdender Nervosität und einem Würgen im Hals bei gleichzeitig absinkendem Magen bis in den alleruntersten Unterleib, dass es ja nur eine einzige Seite sei, die sie vortragen muss. Und dass sie die ja im Schlaf kann. Und dass er ja wirklich gut ist, der Text. Und dass … Sofort kommt das große ABER: Aber was, wenn sie jetzt keinen Ton herausbekommt aus diesem zu engen Hals, wenn sie gar keine Stimme mehr hat oder Schluckauf bekommt oder, noch schlimmer, in Ohnmacht fällt …

Sie hört lebhaften und herzlichen Applaus zum Empfang, als sie vor ihr Publikum tritt, das hilft erst einmal ein wenig. Sie stellt kurz den Autor vor und sagt, dass der Text mit dem Titel *Liebe Kinder* von der Lehrerin leicht gekürzt wurde, damit »die lieben Kinder und ihre lieben Eltern auch bis zum Schluss zuhören«. Für diese Einleitung gibt es einen kurzen Zwischenapplaus, den sie auch dringend braucht, denn mittlerweile saust und rauscht es in ihren Ohren wie bei einem starken Sturm mit Regenschauer und Orkanböen. Sie weiß nicht, wie sie durch den Text kommen soll, sie sieht nichts mehr, hat einen völlig ausgetrockneten Mund, und ihr leichtes Sommerkleid umschließt sie wie geschmolzener Pizzakäse.

Jetzt kommt sie zu der Stelle, die sie beim Üben schon immer amüsiert hat, und muss sich plötzlich zusammenreißen, um nicht zu kichern: *Seid nicht zu fleißig! Bei diesem*

*Ratschlag müssen die Faulen weghören. Es gilt nur für die Fleißigen, aber für sie ist er sehr wichtig.*

Immer und immer wieder hat sie sich vorgesagt, dass sie den Text nur vorliest, ruhig und mit der richtigen Betonung, und dass sie nicht lachen darf, aber jetzt beginnt es immer stärker in der Nase zu kitzeln, nein, kein Niesreiz, das ginge ja noch, einmal kurz Pitschü, und dann vorbei, aber es ist ein Lachen, das sich anbahnt. Sie räuspert sich verzweifelt, denkt, das geht jetzt gar nicht. Sie hangelt sich noch über die nächsten Sätze, weiß, dass sie fast am Ende angelangt ist, da wird das Kitzeln so stark, dass sie außerstande ist, die anschwellende Flut zu stoppen, und den Schlusssatz *Liebe Eltern, wenn Sie etwas nicht verstanden haben sollten, fragen Sie Ihre Kinder!* ruft sie mit schallendem Lachen in ihr Publikum. Erst einmal sind alle erstaunt, aber sie sind Lie wohlgesonnen, die Mitschülerinnen und Mitschüler finden das Ganze sehr lustig und gelungen und werden sofort von ihrem Lachen angesteckt, und schon lachen Groß und Klein aus vollem Hals. Als die Klassenleiterin, die auch gleichzeitig die Musiklehrerin ist, dann noch geistesgegenwärtig den Kanon *Lachend, lachend, lachend kommt der Sommer über das Feld* anstimmt (der ohnehin schon vorbereitet war), kann Lie erleichtert zu ihrem Platz zurückgehen. Die zweite Gruppe setzt gerade ein, und Lie singt mit der ersten weiter *über das Feld kommt er lachend, hahaha lachend, über das Feld.* Die Heiterkeit kennt jetzt keine Grenzen mehr, und niemand will aufhören zu singen und zu lachen.

# *Völlig daneben*

Sie liebten Ingeborg Bachmann. Beide liebten und bewunderten sie. Ständig lasen sie sich ganze Gedichte oder – wenn die Zeit nicht ausreichte – auch nur einzelne Verse vor. Malina (das war natürlich ein Künstlername, sie hatte ihn sorgfältig gewählt und konnte sich über diejenigen sehr lustig machen, die nicht wussten, dass es ein Männername war) und Kara studierten zusammen Literaturwissenschaft und hatten sich in einem Seminar über die von ihnen verehrte Dichterin kennengelernt. Manchmal sahen sie sich nur einmal in der Woche, sie hatten ja sonst nicht dieselben Vorlesungen und Seminare belegt, aber das war dann immer der Höhepunkt.

Ihre Bewunderung hatte jenseits aller germanistischen Analyse etwas jugendlich Schwärmerisches behalten, und sie lebten ganz versunken in und verbunden mit einzelnen Gedichtzeilen und Zitaten.

*»Die Häfen waren geöffnet. Wir schifften uns ein, die Segel voraus, den Traum über Bord«,* flüsterten sie sich etwa verschwörerisch zu, wenn sie nebeneinander im Hörsaal Platz nahmen.

Heimlich steckten sie sich gegenseitig kleine Zettel mit Zitaten in Bücher (von denen sie wussten, dass die andere sie kurz darauf aufschlagen würde) oder versteckten sie an Orten, wo sie mit Sicherheit erst irgendwann einmal, viel später, entdeckt werden würden, zum Beispiel im Rucksack oder der Computertasche.

Die Zeile »Das Zittergras im Land nimmt überhand, Sternblumen bläst der Sommer an und aus«, musste lange warten, bis sie eines Tages von Malina gefunden wurde, in einem Ordner mit Seminarunterlagen über mittelhochdeutsche Heldenlieder.

Flatterte einer dieser kleinen Zettel, der auch ein Brief mit Zeichnung sein konnte, dann überraschend seiner Adressatin entgegen, versah er unversehens den Rest des Tages oder Abends mit einem nicht genau erklärbaren, ja rätselhaften Glanz.

Sie waren beide noch jung, die Welt hielt die Tore offen, sie reisten dahin und hindurch und hofften, das für jede von ihnen Passende zu finden, das vielleicht schon auf den Wegen selbst, aber auch weit hinter diesen Toren liegen konnte.

Eines Morgens wurde diese Reise angehalten. Abrupt. Dass Malina nicht aufschlug und zerbrach, verdankte sie nur der Gewissheit, in Kürze ihre Freundin zu sehen. Und ihrer sofort erkannten, immens wichtigen Aufgabe.

Sie hatte Nachrichten gehört, zunächst etwas gelangweilt, während sie sich Tee einschenkte – und dann fiel ihr die Tasse aus der Hand. Wie in Filmen, dachte sie noch, wo sie das immer so übertrieben fand. Vor allem, weil es ja immer Frauen waren, denen so etwas passierte. Die immer so schlechte Nerven hatten und entweder kreischend aufschrien oder zitterten wie Fähnchen bei aufziehendem Sturm. »Ingeborg Bachmann ist tot«, sagte der Sprecher mit furchtbar monotoner Stimme. »Nach den schweren Verbrennungen, die sie in der Nacht vom 25. auf den 26. September erlitt, starb sie an den Folgen …«

Malina dachte nicht an Ingeborg Bachmann, sie dachte sofort an Kara, überlegte kurz, sie anzurufen, verwarf den Gedanken aber sofort wieder, da ihr einfiel, dass sie die erste Vorlesung ohnehin gemeinsam hatten. Sie warf sich eine Jacke über, die nächstbeste, die herumlag, und rannte los. Wenn sie sich beeilte, hätte sie die Chance, Kara, die oft schon lange vor ihr da war, vielleicht noch vor dem Hörsaal abzufangen. Sie lief, so schnell sie konnte.

Von Weitem sah sie, wie ihre Freundin gerade das Unigebäude betreten wollte, und rief ihr zu, doch auf sie zu warten. Als sie außer Atem bei ihr ankam, sah Kara sie neugierig an und sagte: »Warum rennst du denn so? Wir haben doch noch Zeit.«

Und Malina, mit noch vor Anstrengung und Erschöpfung verzerrtem Gesicht – nein, sie wollte es wirklich nicht –, begann zu kichern und hörte sich wie aus weiter Ferne sagen: »Du, stell dir vor, Ingeborg Bachmann ist tot.« Dann prustete sie los.

Und sie konnte auch nicht aufhören, als Kara sie fassungslos anstarrte, laut »nein!« rief, sich dann wortlos umdrehte und wegging.

Sie sah sich noch einmal um, voller Entsetzen, und Malina erfuhr nie, ob wegen Ingeborg Bachmanns Tod oder wegen des Lachens. Sie konnte das nie wieder ins Lot bringen.

# *Darunter und Darüber*

Es war ein langer Trip. Und es war sehr kalt. Sie sah sich selbst herumlaufen, etwas ziellos, weit hinaus, in die weite Welt hinein, aber ohne Stock und Hut. Einmal lief sie mit Stiefeln durch die Tundra und verschneite Berge, kurze Zeit später mit Sportschuhen endlose Landstraßen und Waldwege entlang, dann unversehens mit Sandalen über Strände und trockene Landschaften. Der kalte Wind blies auch hier. Dann schwebte sie, verlor sich.

Sie drehte viele Pirouetten, landete irgendwo im Grünen, es wurde sehr heiß, sie wälzte sich hilflos hin und her, nun doch festen Grund unter sich, als verschiedene Laute von Tieren über sie hereinbrachen. Das Meckern von Ziegen, das tiefe Brüllen von Büffeln, das kurze Schrecken von Rehen dröhnte in ihrem Kopf, dann kam das Pfeifen, Singen, Zirpen und Trillern verschiedenster Vögel dazu, ein Kookaburry war auch da, wunderbar, ja, laugh, Kookaburra, laugh, Kookaburra, gay your life must be, aber ihr Leben war alles andere als lustig, sie schrie gegen das Gekecker an, wollte all die Geräusche abstellen, wollte endlich Ruhe. »Aufhören!«, rief sie und fühlte sich sogar von dem fast lautlosen Sirren einzelner Libellen und winziger Insekten gestört und bedroht.

Plötzliche Stille. Es war ihr gelungen, alles wegzuwischen und innezuhalten. Sie solle sich auf das Gehen konzentrieren, hatte ihr Therapeut gesagt, ruhig, ganz langsam einen Fuß vor den anderen, immer vorwärts, dabei bei sich bleiben, die Augen auf einen Punkt gerichtet …

Da fiel das Gelächter über sie her. Ob hämisch oder höhnisch hätte sie nicht sagen können, es schien aus einer Höhle zu kommen. Nein, das war kein Tier. Eher ein Mann, klang testosterongesteuert. Aus einem tiefen Bauch kommend. Auf einmal befand sie sich in einer menschenleeren Höhlengegend. Dieses tiefe, fast dröhnende Lachen umhüllte sie. Sie wollte weg, hatte aber plötzlich Beine aus Blei, die noch dazu von jemandem oder von etwas festgehalten wurden. Sie musste sich loszerren. Je weiter sie sich mühsam von der Höhle entfernte, aus der das Lachen zu kommen schien, desto lauter wurde es. Das Echo tanzte in Kreisen um sie herum, immer schneller, es musste sich in diesen bergigen Kuppen und den vielen Höhlen verfangen und die Orientierung verloren haben.

Sie hatte auch die Orientierung verloren und wollte nur noch wissen, von wem das Lachen war. Tiere lachen nicht, das weiß doch jeder … Kookaburry, ihr Liebling, natürlich ausgenommen, aber das hier klang ja ganz anders. Plötzlich war es dicht an ihrem Ohr, das Lachen. Nein, sympathisch war es ganz und gar nicht. Als dann auch noch etwas mit Fell sie berührte, meinte sie zu sterben. Dann zuckte es durch ihren Kopf (etwa so, wie wenn man lange nach einem vergessenen Namen sucht und er einem dann schlagartig einfällt), und sie wusste es wieder. Hyänen lachen. Und weil die an ihrem Ohr gar nicht aggressiv, sondern auf einmal fast zärtlich zu sein schien und wirklich nicht unangenehm roch, schlang sie ihre Arme um den flauschigen Hals, der unversehens immer glatter und kühler wurde und sich gut anfühlte. Das Lachen wurde jetzt etwas leiser. »Ja, du bist die Größte, meine Heroine«, flüsterte sie und schmiegte sich fest an das Tier. Es schien sein Fell verloren zu haben.

»Ich glaube, sie hat das Schlimmste jetzt hinter sich«, sagte die Stationsschwester auf der Abteilung für Entzug zu der Ärztin, die gerade zur Visite kam, und zog ihre Bluse zurecht.

# *Verkehrt*

Rita ist eine engagierte Gewerkschaftsvertreterin der Verkehrsbetriebe und in dieser Funktion eingeladen zu diesem etwas ominösen Kongress. »Mädchen, da fährst du hin«, hatte der Vorsitzende kurzerhand bestimmt, und da von den anderen Kollegen ohnehin niemand scharf darauf war, ein Wochenende zu opfern, nahm sie an, ohne zu zögern. Sie ging schon auf die fünfzig zu, hatte gerade eine Scheidung hinter sich, und die freien Wochenenden waren eher bedrohlich als verlockend für sie. Außerdem wurden Fahrkosten, Übernachtung und alle Spesen großzügig in voller Höhe vom Betrieb übernommen, und zusätzlich zahlte man ihr ein nahezu unverschämt hohes Tagesgeld.

Sie konnte ihr Glück daher kaum fassen und machte sich begeistert an die Vorbereitungen. Den Beitrag zum Thema »Hindernisse beim transnationalen Personenverkehr. Über die gesellschaftliche und politische Bedeutung ihrer Überwindung«, der auch im Newsletter der Verkehrsbetriebe veröffentlicht werden sollte, hatten sie gemeinsam in vielen Sitzungen vorbereitet. Nun galt es nur noch, ihn gut einzustudieren und dann lebendig und anschaulich vorzutragen.

Am angegebenen Termin reiste sie in das Tagungshaus, das sich als schlossähnliches Hotel in beeindruckender Größe und bester Lage erwies: in einem malerischen Tal in den Bergen, von Wald umgeben, der jetzt im Oktober in herbstlichen Farben leuchtete.

Sie kam rechtzeitig an, Pünktlichkeit stand in ihrem Berufsethos ganz oben, ein sehr charmanter Herr an der Rezeption, der sich als Tagungsleiter bzw. »Administrator« vorstellte, nahm sie lächelnd in Empfang. Er zeigte ihr eine Auswahl der Tagungsräume (mindestens zehn, in unterschiedlicher Größe und Ausstattung), die Speisesäle, das Spa. Sogar eine Bibliothek und ein Casino waren vorhanden. Immer wieder gingen elegant gekleidete Herren und Damen an ihnen vorüber, und Rita dachte kurz, sie hätte vielleicht doch nicht die geeignete Garderobe für dieses doch sehr exquisit wirkende Ambiente.

Zu guter Letzt führte ihr Begleiter sie zu ihrem Zimmer, vergewisserte sich, dass es ihr an nichts fehlte, und versprach, sie zu ihrem Vortrag wieder abzuholen.

Sehr gerne, erwiderte sie, doch bitte eine halbe Stunde früher, sie würde auch den Beitrag ihres Vorredners hören wollen, das hatte ihr Chef, der Vorsitzende der Verkehrsgesellschaft, dem sie dann später berichten sollte, ihr aufgetragen.

Das sei gar kein Problem, versicherte der Tagungsleiter und zeigte auf sein Smartphone, in dem er das gesamte Tagungsprogramm gespeichert hatte. Dann ließ er sie allein.

Sie hatte noch ein Stündchen Zeit, packte aus, machte sich frisch und überflog noch einmal ihr Skript. Nein, technisches Equipment bräuchte sie keines, hatte sie auf seine Nachfrage geantwortet, nur ein gutes Mikrofon. Die Zeit rannte jetzt, und sie musste sich für ein geeignetes Outfit entscheiden. Angesichts der vorher wahrgenommenen Herren und Damen im Haus wählte sie die etwas feierlichere Variante ihrer Dienstuniform: ein dunkelblaues Kostüm mit hochgeschlossener, hellblauer Bluse und gleichfarbigem Einstecktuch. Sie hatte sogar ihre Dienstkappe aufgesetzt, ein blaues, schräg sitzendes Schiffchen, das oben auf ihrer blondierten Frisur thronte und ihr das Aussehen einer Stewardess auf einer fernöstlichen Billigfluglinie verlieh. (Was sie selbst natürlich nicht ahnte.) Sie musste reichlich Haarspray auftragen, damit sie das durch die Reise in ihrem Koffer etwas welk und verknittert wirkende blaue Gürkchen gut auf ihrem Haar feststecken konnte.

Der Tagungsleiter klopfte an ihre Türe, um sie abzuholen und sie zum Tagungsraum zu führen, in dem sie ihren Vortrag halten sollte. Nachdem sie durch viele lange Gänge geeilt waren, öffnete ihr Begleiter kurz eine Tür, wies mit dem Lichtstrahl seiner Taschenlampe auf den freien Platz am Ende einer Reihe und schloss die Türe leise hinter ihr. So saß sie endlich im abgedunkelten Saal 97 (alleine hätte sie den tatsächlich nie gefunden). Sie war wohl ein paar Minuten zu spät gekommen, der Redner schien bereits mitten in seinem Powerpoint-Vortrag zu sein, und sie hatte versäumt, sich vorher den Titel im Wortlaut einzuprägen. Jetzt konnte sie bei aller Anstrengung und Konzentration nicht verstehen, wovon der Mann sprach. Sie nahm nur seine eher zierliche Silhouette und die hohe Stimme wahr und wollte sich gerade an ihren Sitznachbarn wenden, um das Thema des Vortrags zu erfragen, als dieser sich zu ihr wandte, mit voller, tiefer Stimme, die wohl des Flüsterns nicht mächtig war, »tolles Kostüm« sagte und ihr dabei eine Tüte mit Erdnussflips herüberreichte.

Im Halbdunkel konnte Rita nun erkennen, dass es sich wohl um eine Sitznachbarin handelte, mit hochgesteckten Haaren und wallendem Kleid, deren Handgelenke allerdings sehr kräftig waren, und auch die Hände mit den lackierten Nägeln (die Farbe schien dunkel, aber ob tiefrot oder schwarz war nicht zu unterscheiden) konnten bestimmt zupacken, dachte sie.

»Wirklich chic!«, tönte es jetzt bewundernd von dieser Nachbarin. Verwirrt nahm Rita ein paar Flips, überlegte, ob sie sagen sollte, dass das ihre Dienstkleidung sei, sagte dann aber nur »danke«, was sich sowohl auf die Erdnussflips als auch auf das Kompliment beziehen konnte.

Sie traute sich auch nicht mehr nach dem Vortragstitel zu fragen, irgendwie war der Zeitpunkt jetzt versäumt, sie richtete den Blick starr nach vorne, folgte dem Laserpunkt, der sich auf hüpfende Weise über eine Landschaft aus bunten Kreisen und Balken bewegte. Von nebenan kam noch einmal die Tüte mit den Erdnussflips, begleitet von peinlichem Rascheln und einem viel zu lauten »Bitte sehr. Ein bisschen Nachschub!«

Diesmal schaffte Rita es, »nein, danke, sehr freundlich, aber das reicht mir« zu flüstern, was prompt weithin vernehmbar beantwortet wurde: »Aber doch nicht so schüchtern! Greifen Sie zu! Oder sollen wir lieber Du sagen? Ich heiße Conny. Übrigens gibt es heute Abend hier eine geile Party, kommen Sie auch?«

Erst jetzt, die Leinwand vorne leuchtete gerade in hellem Gelb mit verschiedenfarbigen Säulen, konnte Rita ein grell geschminktes Gesicht neben sich erkennen, freundlich lächelnd (ihr erschien es eher wie ein Grinsen) sagte die Stimme: »Was für eine fantastische Frisur! Beneidenswert.«

Rita wurde es immer unbehaglicher, zumal sie wahrzunehmen meinte, dass einige Köpfe sich im Halbdunkel zu ihnen umdrehten. Sie rückte erschrocken zurück, warf dabei einen Blick nach unten und erstarrte, als sie die Füße ihrer Nachbarin sah: groß, mit sehr breiten Fesseln und rotem Nagellack auf den nackten Zehen, die aus riesigen Sandalen hervorlugten. Trotz der kühlen Temperaturen trug die Dame keine Strümpfe, dafür aber ein goldenes Kettchen um das rechte Fußgelenk, wie Rita sehen konnte.

Die Aussicht, diese Frau später im Publikum zu haben, erschreckte sie fast ein bisschen, und auf einmal befürchtete sie, doch nicht richtig vorbereitet zu sein. Das, was hier ablief, hatte so gar nichts mit öffentlichem Verkehr zu tun, und so passte die Frage, die jetzt zwar versucht leise, aber wie laut geflüstert klingend an ihr Ohr drang, sehr gut zu ihrem Gefühl des Deplatziertseins: »Weshalb sind Sie denn hier?«

Bevor sie antwortete, warf sie einen verstohlenen Blick auf ihre Uhr und war noch mehr verunsichert, weil ihr Beitrag genau jetzt beginnen sollte, der Redner vorne aber keinerlei Anstalten machte, zum Ende zu kommen.

Gerade, als sie ihrer Nachbarin eine Antwort, die gleichzeitig eine Frage gewesen wäre, geben wollte, öffnete sich die Saaltür, durch die sie zuvor hereingekommen war, noch einmal, und sie sah einen sehr hellen kleinen Punkt vom Eingang her auf sich zuwandern. Als der Punkt direkt vor ihr stehen blieb, erkannte sie den geschniegelten Tagungsleiter, der ihr zuraunte, sie säße leider im falschen Raum, sie würde schon erwartet und solle bitte sofort …

Ohne sich zu verabschieden, stand Rita schnell auf und folgte in gebeugter Haltung dem hinauseilenden Organisator.

Draußen warf sie doch noch rasch einen Blick auf die Anzeige neben der Tür und las im Vorbeihasten den Titel des soeben gehörten Vortrags: »Hindernisse in der Gesellschaft für Trans*menschen und wie sie überwunden werden können«.

Sehr passend, dachte sie noch und bemühte sich, mit dem Tagungsleiter Schritt zu halten, der ihr zum richtigen Saal vorauseilte.

Dort kam zu ihrer Erleichterung ihr Begleiter mit ihr zum Rednerpult nach vorne, stellte sie kurz vor und übernahm auch die Schuld an der Verspätung, die entstanden war, weil er die Dame in den falschen Raum geführt hatte. Nach kurzem Applaus verließ er lächelnd den Raum, der hell und freundlich wirkte, und Rita hielt vor einem gut, ja nahezu gediegen gekleideten Publikum ihren Vortrag. Fast hatte sie ein bisschen Heimweh nach dem abgedunkelten Raum mit den seltsamen Gestalten.

Die vor ihr sitzenden, zwar interessierten, aber beinahe ausdruckslosen Gesichter begannen sie ein wenig zu langweilen, und sie beschloss, auf jeden Fall am Abend zu der »geilen Party« zu gehen.

# *Nachwort des Herausgebers*
## *Ein Schmuggler namens Lachen*

### *Ein ernsthafter Versuch, das Lachen zu verstehen*

*Weißt du, wie du Gott zum Lachen bringen kannst?*
*Erzähl ihm deine Pläne.*
Blaise Pascal

*Am liebsten erinnern sich die Frauen an die Männer,*
*mit denen sie lachen konnten.*
Anton Tschechow

Das Lachen beschäftigt die Menschen, genauso wie Freundschaft, Liebe und Krieg, seit den Anfängen der Kultur. Denker der unterschiedlichsten Disziplinen, der Philosophie, Physiologie, Anthropologie, Psychologie, Soziologie, aber auch der Religions- und Kunstwissenschaften, haben sich des Themas angenommen und bemühten sich, das Lachen zu erklären. Doch all diese Theorien und Erklärungsversuche weisen drei auffällige Mängel auf:

1. In der Regel behandeln sie jeweils nur wenige Aspekte des Lachens und übersehen, dass das Phänomen Lachen sehr komplex ist und in seinem Ausdruck von der augenblicklichen Situation abhängt, in der es stattfindet.

2. Sie handeln oft nur von Männern, obwohl Frauen nachweislich mehr lachen.

3. Fast alle dieser Analysen und Theorien sind eurozentristisch. Ich konnte nur drei wissenschaftliche Arbeiten über das Lachen in bestimmten Gebieten Afrikas finden. Dabei lachen Menschen anderer Kontinente viel mehr als die in Europa!

Abgesehen davon lässt sich aus all den Arbeiten und Bemühungen bis heute keine abschließende Erkenntnis ziehen. Es sind mehr oder weniger Annäherungsversuche. Daher kann dieses bescheidene Nachwort nur ein paar mir wichtige Gedanken enthalten.

*Ein Pfarrer hatte einen Garten voller Apfelbäume. Jeden Tag verschwanden ein paar Äpfel. Da schrieb der Pfarrer ein Schild, darauf stand:*

*»Gott sieht alles.«*

*Am nächsten Tag stand darunter: »Aber er petzt nicht.«*[1]

## Das Lächeln, der sensible Cousin des Lachens

Lächeln ist beim Menschen angeboren, bereits in den ersten Wochen nach der Geburt lächelt das Baby. Sein Lächeln ist in diesem Zeitraum aber noch ein unbewusster Reflex, »Engelslächeln« nennt man es, denn damit binden Babys ihre Bezugspersonen an sich. Erst wenn sie etwa anderthalb Monate alt sind, lächeln sie bewusst.

Verhaltensforscher behaupten, das Lächeln stamme naturgeschichtlich gesehen vom Zähnefletschen der Tiere bei Gefahr ab. Das überzeugt mich nicht, handelt es sich in der Tierwelt doch um eine Drohgebärde, und wir drücken damit genau das Gegenteil aus. Konrad Lorenz geht weiter und differenziert: Starkes Zähnezeigen entspreche einer Drohung. Schwaches Zähnefletschen, das meiner Meinung nach eher dem Lächeln entspricht, sei eine beschwichtigende Gebärde, die spannungslösend, entwaffnend und nicht selten auch entschuldigend eingesetzt werde.

Wer also lächeln kann, hat weniger Konflikte und Streit. Lächeln hilft, Provokationen ins Leere laufen zu lassen, statt eine Auseinandersetzung mit dem Provokateur einzugehen. »Wenn wir mit einem Lächeln begrüßt werden, so lächeln wir meistens unwillkürlich zurück, Lachen und Lächeln sind eben ansteckend. Das erkannte auch Darwin, als er merkte, wie sich sein nur wenige Monate alter Sohn freute und lachte, wenn er ihn anlächelte.«[2] Auch deshalb lächeln Frauen mehr als Männer, weil das die Chance ihres Überlebens erhöht.

## *Was ist Lachen?*

Das Lachen und dessen Ursachen genau zu erklären ist kompliziert und verlangt, wie schon erwähnt, die interdisziplinäre Beteiligung mehrerer Wissenschaften.

Aus physiologischer Sicht ist das Lachen, vereinfacht gesagt, eine Reflexbewegung. Ein durch die Nerven an das Gehirn weitergeleiteter Reiz wird in eine Muskelbewegung übertragen. Lachen kann durch äußerliche Einwirkung auf den Körper (Kitzeln), durch Hören, Sehen, vergegenwärtigte Erinnerungen, Drogen (Haschisch) oder auch Betäubungsmittel (Lachgas, wie es früher auf Jahrmärkten eingesetzt wurde) hervorgerufen werden. Es kann sich sogar – wenn auch selten – zu einer Epidemie entwickeln. [3]

Lachen hat wie jeder menschliche Ausdruck vielfältige Erscheinungsformen. Das breite Spektrum reicht von der inhaltslosen Verkrampfung der Gesichtsmuskeln über den Ausdruck von Erleichterung bis hin zum gesamten Komplex der Freude.[4]

Lachen ist ein zweischneidiges Verhalten, es kann verbinden, aber auch trennen.[5] Verbinden, weil es vertraute

Gemeinschaft erzeugt, und trennen, wenn es gegen eine Person oder Gruppe gerichtet ist und diese aus der Gemeinschaft ausschließt, wie etwa rassistische Witze. Es könnte gemeinschaftsbildend zur Demütigung eines »Gegners«, »Außenseiters« oder willkürlich gewählten »Opfers«, aber auch versöhnend im Sinne der Überwindung von Konflikten wirken.

Lachen ist eine Sprache.

Lachen ist ein raffinierter Schmuggler. Er kann große Weisheiten, moralische Prinzipien, ethische Grundsätze, philosophische Erkenntnisse und humanitäre Ideale unauffällig zu ihrem Ziel bringen, aber ebenso Feindseligkeiten, Vorurteile, Verachtung und Verletzungen gut getarnt an der Kontrolle vorbei ins Hirn und Herz schmuggeln. »Das Lachen kann der Wahrheit einen Weg öffnen, doch gibt es auch Fälle, da dieser Weg eine trügerische Sackgasse ist.«[6]

Lachen hilft mit seiner Leichtigkeit aus vielen Krisen heraus. Nicht selten verwandelt es eine vermeintliche Sackgasse in eine Kreuzung, die mehrere Alternativen bietet. »Lachen hat immer die Kraft, eine vorgefundene Situation unerwartet aufzubrechen und neue Horizonte aufzureißen. Im Lachen übersteigt der Mensch – für einen Augenblick – sozusagen sich selbst und findet sich in einer anderen Ordnung des Denkens und Begreifens wieder. Lachen führt den Menschen somit an die Grenzen seiner Vernunft und Welterschließung.«[7]

*Ein arabischer Gefangener wollte einen Roman lesen, von dem er gehört hatte. Er bat um Erlaubnis, den Roman aus der Gefängnisbibliothek entleihen zu dürfen. Die Gefängnisleitung antwortete: »Den Roman haben wir nicht, aber den Autor.«*

# *Können Tiere lachen?*

Aristoteles' Behauptung, der Mensch sei das einzige Tier, das lachen könne, gilt vielen bis heute als wahr. Sie hat Generationen von Denkern beeinflusst. Sie ist aber nicht richtig, besser gesagt: Sie ist Ausdruck einer arroganten Überheblichkeit über alle anderen Lebewesen. Man weiß heute, dass Primaten wie Schimpansen und Bonobos ebenfalls lachen können. Ich glaube aber auch, dass andere Tiere womöglich auf ihre Art lachen, ohne dass wir es als solches erkennen. Man sagt, der Bär, eines der intelligentesten Tiere, könne nicht lachen, weil ihm dazu die entsprechenden Muskeln im Gesicht fehlten, aber wer sagt denn, dass Lachen ausschließlich über die Mimik zum Ausdruck kommen kann und muss?

Ratten beispielsweise stoßen beim Spiel (vor allem, wenn sie jung sind und von ihren Artgenossen gekitzelt werden) für den Menschen unhörbare Zirp- und Pfeiftöne im Ultraschallbereich (Tonfrequenz von 55 Kilohertz) aus.

Doch bereits 1872 hatte Charles Darwin in seinem Buch *Der Ausdruck der Gemütsbewegungen bei dem Menschen und den Tieren*[8] konstatiert, dass Tiere lachen. Das Werk ist weniger bekannt als das berühmtere über die Entstehung der Arten, doch es hat große Bedeutung. Der Nobelpreisträger und Verhaltensforscher Konrad Lorenz hat dies in seinen zahlreichen Publikationen über das Verhalten der Tiere bestätigt.

*Beim Buchstabierwettbewerb in einer Grundschule:*
*»Hans, buchstabiere bitte ›Opa‹.«*
*»O-P-A, Opa.«*
*»Sehr gut. Chantal, buchstabiere bitte ›Oma‹.«*
*»O-M-A, Oma.«*

*»Wunderbar. Und jetzt du, Ali, buchstabiere bitte ›Rassendiskriminierung‹.«*

## *Der Witz*

Der Witz ist eine sehr kurze Geschichte, ein Konzentrat, eine epische Kurzform, die den Zweck erfüllt, den Empfänger zum Lachen zu bringen. Der Inhalt eines Witzes kann die Bearbeitung eines realen Geschehens oder eine Fantasiegeburt sein, seine Wirkung lebt vom Widerspruch oder Kontrast zwischen dem Anfang und dem Ende des erzählten Geschehens, von der unerwarteten, überraschenden Wendung.[9]

Wenn jemand lacht, nachdem ihm ein Witz erzählt wurde, dann ist das Lachen in der Regel Ausdruck einer Gemeinsamkeit, eines Bündnisses zwischen Erzähler und Zuhörer.[10] Wer einen Witz erzählt, sucht Gemeinschaft oder sogar Zustimmung.

In Deutschland wurden und werden humoristische Texte seitens der Literaturkritik kaum wertgeschätzt. Das hat Erich Kästner zu seinem herben Urteil bewegt: »Die deutsche Literatur ist einäugig. Das lachende Auge fehlt. Oder hält sie es nur krampfhaft zugekniffen?«[11]

Humorlose Autor*innen haben nie unter einem Mangel an Interesse gelitten. Auf der anderen Seite füllen geschmacklose Comedians oft ganze Stadien und besetzen teils die besten Sendezeiten im Fernsehen. Ihre Witze schrammen häufig knapp an strafbaren rassistischen Äußerungen vorbei und sind nicht selten frauenfeindlich.

Der Witz kann natürlich in seinem Aufbau und seiner Funktionsweise auf einer abstrakten Ebene strukturell beschrieben und definiert werden[12], aber mein Interesse gilt dem Inhalt des Witzes, und da ist der Witz schwer als Genre zu definieren, weil er von der Subjekt-Objekt-Wechselwirkung lebt und sich diese ständig im Wandel befindet. Was hier und heute witzig ist, kann morgen bzw. an einem anderen Ort oder unter anderen Umständen so gar nicht witzig sein.

Der Grad der Freiheit, die ein kritischer, nicht systemkonformer Witz genießt, ist ein Maß für die Freiheit in einem Land. Noch hat es keine Diktatur geschafft, den politischen Witz mundtot zu machen. Witze und Gerüchte unterlaufen alle Kontrollen. Diejenigen, die sie verbreiten, leben aber immer gefährlich.

Die meisten Comedians hierzulande verstehen unter Freiheit jedoch, dass sie jeden wahllos beleidigen können, um primitiven Lachern zu gefallen. Ihre Rechtsanwälte aber raten ihnen, nur über die entrechteten Flüchtlinge und den in rechtskonservativen Kreisen zum Sündenbock erkorenen Islam zu witzeln.

*Kommt ein dicker Mann in eine Konditorei und sagt: »Ich möchte gerne Rumkugeln!«*

*Darauf der Konditor: »Aber bitte nicht in meinem Laden!«*

## Warum lachen wir?

Wir lachen bei Streichen, da wir den Fallensteller (Jäger) für seinen Erfolg über das Opfer (Beute) bewundern und uns amüsieren, dass der Trick gelungen, das Opfer nichtsahnend in die Falle getappt ist. Aber wir lachen auch mit dem vermeintlichen Opfer über den Jäger, wenn er in die eigene Grube fällt.

Wir lachen über Satire oder Karikaturen gegen die

Mächtigen, weil sie sie nackt, stümperhaft, korrupt, klein zeigen. Wir lachen bei Wortwitz und Doppeldeutigkeit, weil sie uns überraschen. Wir lachen bei offensichtlichen Lügen, weil wir uns freuen, den Lügner entlarvt zu haben.

Bei Philosophen und Denkern jedoch wurde das Lachen immer randständig behandelt. So verwundert es nicht, dass Henri Bergson der erste Philosoph der europäischen Neuzeit war, der dem Lachen im Jahr 1900 ein kleines, eher essayistisches Buch gewidmet hat.

Das schmale Büchlein konnte zwar einige Seiten des Lachens beleuchten und klären, auch hat Bergson beispielsweise beschrieben, wie Komik in Texten entsteht: »Man tut einen komischen Ausspruch, indem man eine absurde Idee in eine stehende Redensart kleidet.«[13]

Doch im Grunde ist Bergson in vielen Punkten nicht weit vom Denken der Antike und des Mittelalters entfernt. Er war, obwohl Jude, sehr fasziniert von der katholischen Kirche. Das Leben auf Erden war in den Augen der Päpste – außer für sie selbst – kein Quell des Vergnügens, sondern ein Tal der Schmerzen, ein Jammertal. Es haftete dem Lachen daher immer etwas Negatives an. Erst die Aufklärung befreite das Lachen aus den Fesseln der Moral.

Vieles in Bergsons Darstellungen ist falsch oder bezieht sich nur auf den Humor in den französischen Komödien. Generell wiederholt er Aristoteles' Thesen über das Lachen als Monopol des Menschen, ohne je ein Experiment mit Tieren, etwa Primaten, durchgeführt zu haben.

Mich stören besonders seine wiederholten Behauptungen, das Lachen verlange eine Stupidität des Herzens: »Das Lachen ist meist mit einer gewissen *Empfindungslosigkeit* verbunden«[14], »Gleichgültigkeit ist ihr natürliches Element. Das Lachen hat keinen größeren Feind als die Emotion.«[15] Und: »Die Komik bedarf also einer vorübergehenden Anästhesie des Herzens, um sich voll entfalten zu können. Sie wendet sich an den reinen Intellekt.«[16]

Das stimmt so nicht, man kann aus einer Emotion heraus mit und ohne Zutun des Intellekts herzlich lachen, etwa beim Lachen mit Babys, kleinen Kindern oder Freund*innen. Man kann auch mit und über einen geliebten Menschen lachen. Daneben gibt es grundloses Lachen, ausgelöst durch Übermüdung oder Abspannung nach einer Anspannung.

Bei Bergson wird das Lachen zu einer Strafe, einer Demütigung gegen den, der Zielscheibe einer Gruppe ist.

Das ist tatsächlich der Fall, wenn sich eine mächtige Gruppe herablassend, rassistisch oder frauenfeindlich über Außenseiter äußert. Der zweite Fall ist Satire von unten nach oben – und damit eingesetzt zur Bestrafung der Mächtigen. Aber solch ein Lachen darf nicht zum allein existenten erklärt und stellvertretend für alle Arten des Lachens beschrieben werden.

Der Philosoph André Glucksmann war einer der schärfsten Kritiker der Theorie Bergsons: »Bergson erklärt das Lächerliche als eine Art Fehlleistung: Was gibt es Komischeres als einen zum mechanischen Hampelmann degradierten Menschen? Er rechtfertigt eigentlich nicht das Lachen; eher legt er ihm zur Last, dass es kollektive und dünkelhafte Verachtung zum Ausdruck bringe.«[17] Und er fährt fort: »Der Schluss liegt nahe, dass Bergson und seine Bewunderer stets nur über die anderen gelacht haben. Die feine Gesellschaft eifert gegen den Exzentriker, verspottet, tadelt und bestraft ihn. Das Lachen, das stets ein wenig demütigend ist für den, der dazu Anlass gibt, ist wahrlich eine Art soziale Schikane. Lächelt man nur über den Unangepassten, den Grobschlächtigen, über ein Gebrechen, das zur Natur und zu den Gepflogenheiten im Widerspruch steht?«[18]

*Ein Offizier gibt seiner Kompanie am Flughafen die letzten Anweisungen: »Wenn der Präsident seinen Fuß auf den Boden setzt, schießt ihr einundzwanzig Mal, verstanden?« »Ja, schon«, sagt einer der Soldaten. »Aber was ist, wenn ich ihn schon beim ersten Schuss treffe?«*

## Lachen und Gesundheit

Lachen ist angeborenes menschliches Verhalten und von großer Bedeutung für unsere Spezies. Diesem Umstand trägt die Gründung eines eigenen Instituts für Gelotologie (von griech. *Gélōs* = Lachen) im Jahr 1964 durch den amerikanischen Forscher William Fry Rechnung, wo man sich wissenschaftlich mit den physiologischen und psychischen Auswirkungen des Lachens beschäftigt. Die Ergebnisse der Forschung seien hier kurz zusammengefasst:

Lachen entspannt nicht nur den Körper, sondern auch die Gedanken. Lachen schenkt uns die notwendige Distanz, um unsere Situation aus einer anderen Perspektive klarer zu sehen. Lachen schenkt uns Mut und Gelassenheit, was uns besser gegen Krisen wappnet.

Etwa hundert Muskeln in Gesicht, Hals, Brust und Bauch werden durch das Lachen betätigt. Man hat herausgefunden, dass eine Minute Lachen ebenso erfrischend auf den Körper wirkt wie 45 Minuten Entspannungstraining. Es mag übertrieben sein, dass Lachen die kostengünstigste Medizin ist, aber nachweislich ist Lachen gesund.[19] Glückshormone wie Dopamin und Oxytocin sowie Abwehrhormone wie Interferon werden beim Lachen vermehrt ausgeschüttet, was unter anderem den Blutdruck senkt, den Widerstand gegen Tumorzellen erhöht, die Leistungsfähigkeit des Atmungsapparates verbessert und die Schmerzempfindlichkeit verringert.

Zu diesen Ergebnissen kam im Jahre 1994 auch Professor Lee S. Berk aufgrund von Experimenten an der Loma-Linda-Universität in Kalifornien.[20]

Ein praktisches Beispiel für die Nutzung der positiven Effekte des Lachens ist der Clowndoktor[21]: Inzwischen ist er in vielen Krankenhäusern, vor allem in der Kinderabteilung, gern gesehen.

*Ein zum Tode Verurteilter wird morgens um fünf Uhr geweckt. »Haben Sie noch einen letzten Wunsch?« »Ja, ich möchte noch eine Tasse Kaffee trinken.« »Mit Zucker?« »Um Gottes willen, nein. Ich bin Diabetiker!«*

## Lachen die Philosophen?

Platons Skepsis dem Lachen gegenüber war so groß, dass er immer wieder mahnte, wer es sich erlaube, sich über Späße zu amüsieren, der verliere an Haltung und würde zum Possenreißer und nicht ernst zu nehmenden Komödianten. Er sah im Lachen nicht die Freude, sondern die Gefährdung seines »Idealstaates« durch heftiges Gelächter.

Obwohl Aristophanes zu Platons Zeit – und der seines Lehrers Sokrates – ein sehr berühmter Komödiendichter war, fand seine Arbeit in philosophischen Kreisen kaum Beachtung. Komödien, behauptete Platon, seien überhaupt nur für Kinder geeignet. Erwachsene Menschen wollten lieber Tragödien sehen.

Aristoteles war etwas gnädiger. Er gestand dem Lachen einen Platz in seiner Ethik zu, aber nur bei mäßigem Gebrauch. Ihm folgte Cicero mit einem ähnlichen ethischen Anspruch: Humor und Lachen seien in Reden gemäßigt einzusetzen, um das Publikum zu beeinflussen, ohne es zu provozieren oder gar zu beleidigen.

Auch Jahrhunderte später hatte der englische Philosoph Thomas Hobbes (1588–1679) keine bessere Meinung vom Lachen. Im Gegenteil: Für ihn ist es »die verwerflichste Eigenschaft des Menschen«.[22]

In seinem kurzen, aber hervorragenden Essay über das Lachen analysiert der Schweizer Philosoph Anton Hügli die Ursachen des Lachens und behandelt überzeugend die Haltung der Philosophen zum Lachen. Er teilt sie ein in Antihumoristen und Humoristen: »Die Antihumoristen, das sind die großen Welterklärer mit ihren wohlgeordneten metaphysischen Systembauten, in denen alles seinen Platz findet und nichts dunkel bleibt [...] im Reich der Vernunft und im Reich des Seins hat das Lächerliche nichts zu suchen. Es ist und bleibt das Nichtige, das aus sich selber gar nicht bestehen kann [...] Zu den Antihumoristen gehört der größte Teil der europäischen Philosophen von Platon und Plotin über Thomas von Aquin und Leibniz bis zu Hegel [...] Mit ihrem gleichsam göttlichen Blick von oben wollen sie alles Nichtige und Vernunftwidrige zum Verschwinden bringen [...]«[23]

Die Humoristen hingegen sind die Skeptiker, »die mit unbeirrbarem Realitätssinn jenen lächerlichen Welten-Rest in den Blick rücken, den die großen Systembauer zu vergessen pflegen [...]. Der Humorist behauptet nicht, dass die Welt selber eine Unordnung sei – dies wäre für ihn bereits eine allzu ordentliche Behauptung –, aber er versucht es mit dem Eingeständnis, dass wir mit dem täglichen Chaos der Welt nur zurechtkommen, wenn wir selber nicht allzu ordentlich zu sein versuchen. Statt die eine und unteilbare Wahrheit finden zu wollen, gibt er zu verstehen, dass seine Sicht der Dinge nur eine unter vielen ist – provisorisch zudem und morgen schon überholt [...]. Sokrates eröffnete als Erster die Linie des philosophischen Humors, gefolgt von den skeptischen Schulen der Antike. Diese Linie setzt sich – nach der grimmigen Verbannung des Lachens im mittelalterlichen Mönchstum – erfolgreich fort über Erasmus, Hume, Voltaire, Kant, Hamann und Kierkegaard bis zu Rorty und den heutigen Postmodernisten.«[24]

*Ein Mann will sich vom Balkon im vierten Stock stürzen, was sagt seine Frau zu ihm? – »Nimm den Müll mit runter!«*

## *Das Lachen der thrakischen Magd*

Ein Lachen hat Geschichte geschrieben und lebt in der Überlieferung fort wie kaum ein anderes: das Lachen einer hübschen Frau über einen sternebeobachtenden Philosophen. Die Rede ist von Thales von Milet (624–547 v. Chr.), einen berühmten Naturphilosophen, Mathematiker und Astronomen. Platon zählte ihn zu den sieben Weisen Griechenlands.

Wie Sokrates in Platons *Theaetetus* erzählt, sei Thales bei der Betrachtung des nächtlichen Himmels in einen Brunnen gefallen. »Du willst alles über die Dinge des Himmels wissen«, habe die Magd ihm lachend zugerufen, »aber was dir vor der Nase und den Füßen liegt, siehst du nicht.«[25]

Frauen können heute – fast überall – lachen, so viel sie wollen. Das war nicht immer so, und in der Zeit, in der unsere Geschichte spielt, war es verpönt. Platon deutete – wohl verärgert – das Lachen der Magd als Beweis, dass Menschen, die nie über sich hinausschauen, auch niemals philosophische Ziele verstehen werden, also einfältig sind und gefangen in ihrer niederen Sinnesart. Auch viele andere versuchten in der Folge das Lachen der Magd zu erklären, was es letzten Endes unsterblich machte. Lachte sie den Philosophen aus, weil er Details des Weltalls analysierte und den naheliegenden Brunnen übersah? Das gilt bis heute. Wir studieren entfernte Planeten und übersehen dabei allzu leicht den miserablen Zustand unserer Erde, auf der immer noch Kriege geführt werden, die Natur zerstört wird und Kinder elend an Hunger sterben.

Lachte sie ihn aus, weil sie als Angehörige der Unterschicht einen mächtigen Mann stürzen sah? Das ist auch denkbar – und eines der Fundamente der Satire.

Oder verhöhnte sie den Philosophen, weil er, statt seinen Blick auf eine schöne Frau zu lenken, lieber den Himmel anschaute?

Auch das wäre eine einleuchtende Deutung, vor allem, wenn man bedenkt, dass viele bedeutende Philosophen, Musiker, Politiker, Schriftsteller, Psychologen und Forscher, die große geistige Leistungen vollbrachten, im praktischen Leben wie unbeholfene Kinder, ja einfältig handelten. Dort, wo Philosophen ein Lachen auslösen, geschieht das meist unfreiwillig, und damit ergibt auch die Definition von Jean Paul Sinn, Philosophen seien »passive Humoristen«.

Eine erstaunliche Erklärung zum Lachen der thrakischen Magd lieferte indes der Philosoph Hans-Georg Gadamer (1900–2002): Thales sei nicht in den Brunnen gestürzt, sondern gestiegen, um die Sterne überhaupt beobachten zu können. Der Brunnen sei sozusagen die antike Version eines Fernrohrs. Und als er der Magd von seinen Entdeckungen erzählte, habe sie sich gefreut und gelacht.[26] Na ja.

*Ein Lehrer fragt die Schüler seiner Klasse nach Vogelnamen, die jeweils mit einem Buchstaben des Alphabets anfangen. Als sie beim Buchstaben K angekommen sind, sagt der Schüler, der an der Reihe ist:*

*»Krokodil.« »Nein, du Dummkopf«, tadelt ihn der Lehrer. »Welchen Beruf hat dein Vater?« »Offizier beim Geheimdienst.« Der Lehrer erblasst. »Stimmt, das Krokodil kann fliegen, wenn auch nur kurz.«*

## *Ironie und Spott*

Das Wort »Ironie« ist vom griechischen Wort ειρωνεία (eirōneía) hergeleitet, was so viel heißt wie »geheuchelte Unwissenheit« oder »Verstellung«. Auch »sich klein machen«, um den Gegner in eine Falle zu locken, ist eine Bedeutungsvariante und Handlungsweise, die sich zur Zeit der alten Griechen großer Beliebtheit erfreute, daher wird sie manchmal auch »Sokratische Ironie« genannt.[27] Daneben liegt darin jedoch der ernsthafte Wille und die Bereitschaft eines Philosophen, immer dazuzulernen, stets wie ein Schüler des Lebens bescheiden zuzuhören, was der andere sagt.

Ironie ist eine Kunst, den Spott zu verdecken. Sie erreicht nicht immer ihr Ziel, da sie oft nicht verstanden wird[28], denn ihr Wesen ist es, etwas anderes zu meinen, als die Worte sagen. Etwa, wenn man etwas »super« oder »großartig« nennt und in Wahrheit »miserabel« meint. Daher ist sie in den Redaktionen der Printmedien nicht gerne gesehen.

Im mündlichen Sprachgebrauch wird Ironie zur Verdeutlichung oft von Mimik und Gestik begleitet und in einem bestimmten Tonfall geäußert, damit die Zuhörer begreifen, dass der Redner nicht das Gesagte meint, sondern das Gegenteil. Diese Verständnishilfe fehlt beim schriftlichen Ausdruck.[29]

Mit Recht spricht man von der »Ironie des Schicksals«, wenn ein glückverheißendes Geschehnis in Wirklichkeit Unheil bringt.[30] Es ist der krasse Widerspruch zwischen dem Erwarteten oder Intendierten und der Realität, der dabei als ironisch wahrgenommen wird.

Anders als der Spott ist die Ironie oft ein Instrument der Herrschenden, der Stärkeren, etwa in den Konstellationen Vater–Kind, Lehrer–Schüler, Führungskraft–Angestellter etc.

Spott dagegen ist direkter, verletzender. Das Verb »spotten« stammt von dem althochdeutschen Wort »spotton« für spucken ab. Spott richtet sich häufig von unten nach oben. Er zerreißt die vornehme Hülle des überlegenen Gegners, um Verdecktes, Ungerechtes, Korruptes oder Undemokratisches zu entlarven. Mitunter richtet sich Spott aber auch gegen so manches dumme Verhalten der Untertanen oder sozial Schwachen, etwa das Wahlverhalten der Armen, die Politiker wählen, die sie noch ärmer machen, oder gegen das Verständnis rechtsradikaler Parteien von Demokratie und Freiheit.

Die gesellschaftliche Satire ist die freche Tochter des Spotts [31] und das verbale Pendant der Karikatur.

Satire muss nicht immer ein Lachen hervorrufen, sie kann auch entsetzen und erschrecken. Führt sie zum Lachen, dann mischen sich in der Regel mehrere Elemente des Lachens und münden in ein »Verlachen« dessen, was der Satiriker kritisiert.[32]

Nicht selten werden rassistische Äußerungen gegen Randgruppen und Fremde als Satire deklariert, nach dem Motto »Satire darf alles«. Hier dient (vermeintliche) Satire als Deckmantel, um blanken Hass zu kaschieren.

*Ein heller Sommertag. Der kleine Hans geht mit seinem Opa im Park spazieren. Der alte Mann pflückt einen Grashalm und steckt ihn gedankenverloren in den Mund. »Opa, wir bekommen bald ein Auto!« »Wie kommst du denn jetzt darauf?« »Vati hat gesagt, wenn Opa ins Gras beißt, kriegen wir einen Wagen!«*

## *Lachen in Deutschland*

Immer wieder frage ich mich, ob es Zufall ist, dass sich alle Besucher aus dem Orient nach ein paar Tagen Aufenthalt in Deutschland über die Ernsthaftigkeit und schlechte Laune der Menschen, denen es scheinbar an nichts fehlt, wundern und beschweren. Eine befriedigende Antwort fand ich bis heute nicht.

Ein Soziologe bot mir folgende Erklärung an: »Es liegt am Wetter«, sagte er. »Bei solch einem nassen und nebligen Wetter ist Lachen eine Art leichtsinniger Erkältungsgrund.« Und er legte mir überzeugende Statistiken zur Zahl der lachenden Menschen im Wandel der Jahreszeiten vor: Im Sommer lachen zehnmal so viele Leute wie im Winter. Ich hätte es beinahe geglaubt, wenn nicht gerade im Fernsehen ein Film über die Inuit gelaufen wäre. Sie lachten bei minus 40 Grad. Mein Kollege, der Soziologe, war sprachlos und sichtlich nervös. Am Wetter allein kann es jedenfalls nicht liegen.

Sicher hat es etwas – nicht mit Jesus, sondern mit dem institutionalisierten Christentum zu tun. In seiner Konsequenz vertritt es eine Weltanschauung, die vor allem das Leid auf Erden sieht. Der Mensch hat nach der christlichen Lehre auf der Erde nichts zu lachen. Aber auch diese Erklärung allein genügt nicht. Denn die Engländer haben trotzdem ihren schwarzen Humor und die Franzosen ihre bissige Satire. Und die Italiener lachen, obwohl ihre wirtschaftliche Lage zum Heulen ist.

Betrachtet man die sprachlichen Wendungen, die im Deutschen mit »lachen« einhergehen, so hat man den Eindruck, es handele sich um einen Krankheitserreger. Die Rede ist von: »sich totlachen«[33], »sich schieflachen«, »einen Lachkrampf bekommen«, »sich kranklachen«, »sich ein

Loch in den Bauch lachen«, »sich krummlachen«, »lachen, dass einem die Luft wegbleibt« usw. Das stimmt aber, wörtlich genommen, alles nicht. Nachweislich ist Lachen sehr gesund.[34]

Lachen (auch das hysterische, bitterböse oder sarkastische) als Ventil zur Entlastung von aufgestauter Wut und Frustration zu verstehen, könnte in Bezug auf Blödelei stimmen. Es ist genauso, wie laut im Wald zu schreien oder zu laufen, um den Körper von Wut zu befreien. Lachen ist in Form eines alkoholisierten Krampfs als Begleiterscheinung der Karnevalstage zu beobachten, den man gewöhnlich als Humor missdeutet; es geht dann einher mit einem Freibrief, alle (moralischen) Regeln einmal im Jahr bedenkenlos zu übertreten und sich Freiheiten herauszunehmen, die man sich sonst nicht zugesteht. Beim gemeinsamen Essen nach einer meiner Lesungen erklärte mir einmal ein Mann, weshalb die Menschen in seiner Region nicht lachen: »Sie verbrauchen in den paar Tagen um Karneval und Fastnacht all ihre Lach-Reserven und laufen dann das ganze Jahr schlecht gelaunt herum.«

*Ein Junge hilft einer alten Nonne über die Straße. Sie: »Vielen Dank, mein Kleiner.« Er: »Kein Problem. Batmans Freunde sind auch meine Freunde.«*

## *Satire in Deutschland*

Warum sind Satiriker in Deutschland so rar und verpönt? Da, wo das Lachen Ausdruck von Kritik und Widerstand ist, findet es kaum Beachtung. Drei von mir geschätzte deutsche Satiriker haben in ihrem Leben deshalb auch sehr gelitten: Heinrich Heine, Oskar Panizza und Kurt

Tucholsky. Heine starb vereinsamt und verbittert im Exil. Panizza endete in der Irrenanstalt, und Tucholsky nahm sich im Exil das Leben. Sie sind meiner Meinung nach nicht verkannt, sondern als Satiriker erkannt und bekämpft worden.

Eine plausible Antwort auf die Frage, weshalb die Satire in diesem Land keinen fruchtbaren Boden fand, liefert die Geschichte. In Deutschland fehlte es lange Zeit an einer zentralen Staatsmacht, von der man sich leichter distanziert als von einer politischen Macht in einem Klein- oder Kleinststaat. Die vielfältigen, engen Verwicklungen in einem Fürstentum erlaubten den Untertanen kaum eine Kritik. Der Feind war immer draußen vor den Burgmauern. Damit war die notwendige Distanz für eine Satire nicht gegeben. Der Fürst war der Vater, der allgegenwärtige Herrscher, dessen Macht innerhalb des Territoriums absolut und unantastbar war. Tucholsky erwähnt die Konsequenzen dieser soziohistorischen Gegebenheiten in seiner oft missverstandenen Abhandlung *Was darf Satire?*: »Nun sitzt zutiefst im Deutschen die leidige Angewohnheit, nicht in Individuen, sondern in Ständen, in Korporationen zu denken und aufzutreten, und wehe, wenn du einer dieser zu nahetrittst.«[35] Hier also überlebt die Kleinstaaterei in den Köpfen, obwohl die Menschen nicht mehr in einem »Fürstentum« leben.

Auch ein außereuropäisches Beispiel belegt das. In keinem anderen arabischen Land werden die Politik der Regierung, das Verhalten des Einzelnen und die Krisen der Gesellschaft mit bissigerer Satire überzogen als in Ägypten.[36] Denn Heines Ausspruch »Diese Satire wäre nicht so bissig geworden, wenn der Dichter mehr zu beißen hätte«[37], rückt nur eine der Ursachen in den Fokus. Eine andere, die die Gesellschaftsstruktur miteinbezieht, ist darin zu sehen, dass nirgendwo sonst die Macht so zentralisiert ist wie in

Ägypten, und das nicht erst in der jüngsten Geschichte, sondern seit Tausenden von Jahren.[38]

Satire verlangt also nicht nur Scharfsinn und technisches Können, ihre unentbehrliche Voraussetzung ist die Distanz zum behandelten gesellschaftlichen Objekt. Man kann einen nahestehenden Menschen verfluchen und loben, ihn anhimmeln oder ihm die Pest an den Hals wünschen, aber man kann nicht satirisch über ihn schreiben.

*Der Enkel zur Oma: »Omi, was ist denn ein Liebhaber?« Die Oma erschrickt: »Ohgottogott!« Sie rennt auf den Speicher – der Enkel hinterher – und bahnt sich den Weg zu einem alten Schrank. Als sie die Tür öffnet, fällt ihr ein Skelett entgegen.*

## *Das Lachen der Außenseiter: Satire der Minderheiten*[39]

Die Distanz eines Minderheitensatirikers zu seinem Objekt ist nicht statisch. Es kommt immer darauf an, welche Person oder Gruppe der Satiriker bloßstellt. Niemals aber ist die Distanz so groß, dass sich der Satiriker einer durch die Entfernung bedingten Objektivität verpflichtet fühlt.

Nicht selten sind einige seiner eigenen Unzulänglichkeiten Gegenstand der Verspottung. Aber er ist seiner Minderheit und ihren Rechten verbunden, parteiisch und intolerant gegenüber der Intoleranz der Mehrheit.[40] Eine tolerante Satire ist eine schlechte Sonntagspredigt.

Die Distanz zwischen dem Minderheitensatiriker und der Mehrheit der Bevölkerung ist von vornherein gegeben. Gleichgültig, ob er in einer Minderheit geboren wurde oder durch Emigration in eine hineingeraten ist, er erfährt im täglichen Umgang mit der Mehrheit seine Grenzen. Es sind politisch-rechtliche sowie kulturelle Grenzen, die ihn von der Mehrheit trennen. Diese reale Trennung ist die Ursache der Distanz, die den Zugang zur Satire erleichtert. Ein Angehöriger der Mehrheit muss sich zum »gekränkten Idealisten«[41] hocharbeiten, um Satire schreiben zu können. Der Satiriker der Minderheit braucht nur einen nüchternen Blick, um das Gehabe und den Trott der Mehrheit lächerlich zu finden.

Das oben Gesagte könnte den Eindruck erwecken, es sei leicht für die Autoren der Minderheit, Satire zu schreiben, aber der Eindruck täuscht. Keine andere Schreibkunst ist so sehr abhängig von der Wahrnehmung der Leser wie die Satire, und hier fängt das Problem der Minderheitensatiriker an. Eine klassische Faustregel der Satire lautet: Je konzentrierter der Angriff auf *einen* Gegner ist, umso mehr Lacher hat der Satiriker auf seiner Seite. Die Satire der Minderheit richtet sich aber nicht gegen einen einzelnen Gegner, sondern gegen das unreflektierte Verhalten der Mehrheit. Das ist eine objektive Schwierigkeit, mit der Satiriker der Minderheit fertigwerden müssen. Ein Satiriker der Mehrheit hat es heute leicht, durch die Kritik der Untaten oder Dummheit eines Politikers zwar nicht viele, aber einige Lacher auf seine Seite zu bringen. Korruption, Affären und die Unfähigkeit der Politiker füllen sogar die Schlagzeilen der *Bild*-Zeitung und sind ein willkommenes Fressen für gute und schlechte Satiriker der Mehrheit. Satiriker der Minderheit haben dagegen einen äußerst schwierigen Ausgangspunkt. Sie haben es schlicht mit dem Normverhalten der Mehrheit zu tun. Sie klagen repressive Zustände an, die in den Augen der Mehrheit Ordnung, Recht und Freiheit heißen. Der Mehrheit sachlich zu erklären, dass die »Kameltreiberei« (ein beliebtes rassistisches Schimpfwort gegen die Araber) eine feine

Kunst ist, die nur wenige beherrschen, ist Zeitverschwendung. Darüber eine Satire zu schreiben, ist schwer, aber zugleich die höchste Kunst der literarischen List. Genau das ist die Domäne der Satire, listig und mit einem Lächeln auf den Lippen zu vernichten. Die Satire richtet sich nicht gegen die Menschen, sondern entlarvt ihre Dummheit.

## *Themen der Minderheitensatire*

Der Satiriker der Minderheit erklärt in dem Augenblick, in dem er zum Mittel der Satire greift, dass er nicht aufgegeben hat. Seine Entrechtung durch die Herrschenden und die Ignoranz der Mehrheit haben ihn zu Boden geworfen, aber er versucht, den Sieger lächerlich zu machen, um wenigstens einige der jubelnden Zuschauer von seiner unbesiegbaren Menschlichkeit und unantastbaren Würde zu überzeugen. Wie sein Kollege, der Satiriker der Mehrheit, stehen ihm die Mittel der Rhetorik und vor allem eine Lupe zur Verfügung. Sie vergrößert einige Aspekte und verkleinert einige andere bis zur Unkenntlichkeit. Eine satirische Lupe ist niemals eine für Uhrmacher. Sie verzerrt, um bis zum Kern einer Sache vorzudringen und dort das Unrecht bloßzustellen. Sie lässt die hochgeschätzten Werte der Pünktlichkeit, der Sauberkeit und des Wohlstandes verkümmern und lenkt den Blick hartnäckig auf das geschehene Unrecht gegen Millionen von Menschen. Sie übertreibt und verfremdet, sie lebt sogar von der Übertreibung und Verfremdung. In vielfältigen Formen, ob in Lyrik oder Prosa, greift die Satire der Minderheit alle Themen auf, deren Grundelement das Zusammenleben der Minderheit mit der Mehrheit ist. Dabei lassen sich drei verschiedene Themengebiete unterscheiden, wobei die Grenzen fließend sind:

1. Das repressive Umfeld: Hierzu gehören Satiren über Beamte und Behörden der hiesigen wie der Ursprungsheimat, über Hausbesitzer oder Vorgesetzte. In der Regel finden Satiren über Regierungsinstitutionen, Beamte und Hausbesitzer einen leichteren Zugang zum Leser als Satiren über die Schul- bzw. Betriebssituation. Ein Satiriker der Minderheit kann jedoch keine Rücksicht auf die Lacherzahl und die Sensibilität mancher Lehrer oder Gewerkschaftsfunktionäre nehmen, die nicht über die Diskriminierung am Arbeitsplatz und in der Schule erschrecken, sondern über deren satirische Darstellung.

2. Das freundliche Umfeld: Hierzu gehören die meisten Satiren über Freunde, Kollegen, Nachbarn oder ausländerfreundliche Institutionen. Das ist quasi das intime Feld, in dem der Satiriker seine unmittelbare Erfahrung macht. Er ist mit all den Unzulänglichkeiten dieses Umfeldes vertraut. Das zwiespältige Verhalten der freundlichen Angehörigen der Mehrheit gegenüber fremden Kulturen, Sprachen und Verhaltensweisen ist die Zielscheibe, auf die der Satiriker seinen Spott richtet.

3. Die »Anpassungssatire«: Hierzu gehören sowohl Satiren, die die Umstände anprangern, die zur Anpassung zwingen, als auch Satiren über die eigene Hilflosigkeit und über Identitätskonflikte (dazu zählen Satiren über die Ursprungsheimat). Dieses Gebiet der Satire rückt immer mehr ins Zentrum und wird in nächster Zeit noch an Gewicht gewinnen, je mehr Satiriker aus der zweiten und dritten Generation auftreten. Schwieriger wird es, wenn der Satiriker die Unzulänglichkeit der Angehörigen der Minderheiten kritisiert. Viel zu oft erntet er von Freund und Feind falsche Kritik oder falsches Lob. Falsche Kritik der Freunde deshalb, weil sie sich selbst und

nicht ihre Dummheit bloßgestellt fühlen, und falsches Lob, weil mancher Angehörige der Mehrheit sich durch solche Satiren in seinen Vorurteilen bestätigt sieht. Sicher verursacht der Druck der Mehrheit und die entrechtete Randlage in der Gesellschaft auch eine Art von Selbsthass, da die eigene Ohnmacht immer spürbar ist. Nur der klare Standpunkt des Autors/der Autorin entscheidet darüber, ob Freund oder Feind recht oder unrecht hat. Um hier wieder einen Satiriker zurate zu ziehen: Tucholsky schrieb in seinem bekannten Artikel »Was darf Satire?«, dass sie alles darf, aber mit keinem Wort erwähnte er, dass sie zweideutig sein darf. Die Eindeutigkeit der Satire, oder genauer gesagt, der Haltung und des Standpunktes ihrer Autor*innen, hat Tucholsky als selbstverständlich vorausgesetzt.

## *Listig, aber doch väterlich*

Bei der Lektüre der Satire und der Betrachtung der satirischen Elemente in der Literatur der Minderheit in Deutschland fällt mir nicht nur die List auf, mit der die Angehörigen der Minderheit ihre überlegenen Gegner besiegen oder zumindest lächerlich machen wollen, sondern auch der väterliche Ton als Spezifikum dieser Satire. Es gleicht einer väterlichen Kritik am übereifrigen Sohn. Der väterliche Ton, der mitunter schroff und scharf, aber selten hasserfüllt ist, hat einen realen Grund: Die Angehorigen mancher Minderheiten in der Bundesrepublik Deutschland entstammen alten Kulturen, vergleicht man sie mit der verhältnismäßig jungen deutschen Kultur. Die Auseinandersetzung deshalb auf einen Vater-Sohn-Konflikt zu reduzieren, wäre eine verfälschende Vereinfachung. Aber dieses Element ist allgegenwärtig, vor allem dort, wo die Satire in Ironie überschlägt, wo der Satiriker wie zu einem Sohn spricht, der Überstunden macht, um die Erde mit VWs zu füllen und im Urlaub von Land zu Land zu hetzen, ohne zu wissen oder auch nur zu ahnen, welche lebendigen Kulturen es in seiner unmittelbaren Nähe kennenzulernen gibt.

Die Satire der Minderheit hat vielfältige Formen und Inhalte. Unterschiedliche Formen deshalb, weil der Erfahrungshintergrund unserer Autor*innen verschieden ist. Das ist die Stärke unserer Satire. Inhaltlich liefert sie genaue Bilder unserer Wirklichkeit. Unsere Randlage ist es, die uns diese genauen Bilder von den Grenzen dieser Gesellschaft ermöglicht. Unsere Utopie von der polykulturellen Gesellschaft ist es, die uns ermutigt, diese Gesellschaft mit all ihren Diskriminierungen zu geißeln.

*Ein Polizist hält einen Ausländer auf der Straße an. »Können Sie sich ausweisen?«, fragt der Polizist. »Wie?«, antwortet der Ausländer verärgert. »Das müssen wir auch noch selber machen?«*

## Lachen und die Religionen

Lachen ist eine absolut natürliche Äußerung der Gefühle. Sie wird aber unterschiedlich bewertet, je nach Kultur und Epoche. Die Völker des Südens lachen beispielsweise häufiger als die des Nordens.

Christliche Kirchen haben, wie schon erwähnt, für das Lachen nicht viel übrig. Die katholische Kirche beging seit ihren Anfängen drei große Fehler: Sie fixierte das Christentum auf Leid, Schuld und Sühne. Sie erfand den Beichtstuhl, und sie füllte den Himmel mit den sogenannten Heiligen.[42] Abgesehen von der Nichtanerkennung des

Vatikans unterscheidet sich die orthodoxe kaum von der katholischen Kirche. Die evangelische Kirche befreite sich nicht nur vom Papst, sondern auch vom Humbug des Beichtstuhls sowie der unmenschlichen Kasteiung durch das Zölibat und schickte alle Heiligen in die Wüste des Vergessens; dennoch vertritt sie weiterhin das Konzept von Schuld, Sühne und Buße und bestärkt ihre Anhänger mehr im Ernst als in der Freude.

Warum haben die großen Kirchen solche Vorbehalte gegenüber dem Lachen? Weil Lachen mutig und rebellisch macht, einen kritischen Blick ermöglicht und den Genuss geradezu ansteuert. Die Führer der kirchlichen Institutionen hätten dann keine zerknirschte, von Schmerz, Schuldgefühlen und Gewissensbissen gebeugte, sondern eine selbstbewusste aufrecht gehende, mit scharfem Blick gewappnete Gemeinde, was aber zwangsläufig die Herrschaft der Kirche infrage stellt.

Auffällig ist, dass das Lachen im Alten Testament über vierzigmal, im Neuen Testament hingegen nur viermal erwähnt wird.

Womit begründet die Kirche ihre Ablehnung des Lachens? Ihre Antwort lautet – und das ist kein Witz: Jesus habe nie gelacht. Zahlreiche mittelalterliche Theologen waren davon absolut überzeugt, und deshalb war Lachen in vielen Klöstern durch die sogenannte »Magisterregel« untersagt.[43] Umberto Eco lässt einen Mönch die Argumentation der Kirche gegen das Lachen genial auf den Punkt bringen: »Das Lachen ist ein Zeichen von Dummheit. […] Eben darum hat Christus niemals gelacht.«[44]

Wenn ich nun behaupte, dass diese Darstellung Jesu Christi eine grobe Fälschung ist, die der Kirche als Stütze für ihre Strategie dient, Macht über eine traurige, von der Erbsünde und anderen Gewissensqualen gebeutelte Gefolgschaft zu erlangen, so stehen meine Argumente auf genauso wackligen Füßen wie die der Kirche, die *nichts* beweisen kann. Die vier genehmigten Evangelien und die Apokryphen (die nicht anerkannten Evangelien) wurden nach Meinung der Mehrheit der Experten zwischen 70 und 100 nach Christus geschrieben.

Sicher ist: Jesus liebte das Leben. Er war ein Freund der Bescheidenheit und der einfachen Genüsse, von gutem Brot und Wein. Jesus war aber vor allem ein großer Freund der Kinder. Und wer mit Kindern befreundet sein will, der muss das Lachen lieben. Keiner der schlecht gelaunten Päpste würde jemals den Satz aussprechen: »Lasst die Kinder zu mir kommen; hindert sie nicht daran! Denn solchen wie ihnen gehört das Reich Gottes. Amen, ich sage euch: Wer das Reich Gottes nicht so annimmt wie ein Kind, der wird nicht hineinkommen [...]. Und er nahm die Kinder in seine Arme.«[45]

Eines der ersten Wunder, die Jesus wirkte, war, dass er auf der Hochzeit zu Kana Wasser in Wein verwandelte, um dem Gastgeber aus der Bedrängnis zu helfen. Es soll übrigens ein exzellenter Wein gewesen sein.[46] Dieses Wunder ist Ausdruck der Liebe Jesu Christi zu Freude und Geselligkeit. Übrigens und nebenbei bemerkt: Nicht nur die Kirche missverstand dieses Wunder, manche Winzer und Wirte haben es ebenfalls völlig falsch interpretiert: Sie machen nicht Wasser zu Wein, sondern in den Wein.

Jesu Gegner jedenfalls wussten von seiner Lust am Leben. Sie beschimpften ihn: »Der Menschensohn ist gekommen, er isst und trinkt und sie sagen: Siehe, ein Fresser und Säufer, ein Freund der Zöllner und Sünder!«[47] Und mit Sicherheit hatte er die Lacher auf seiner Seite, wenn er die Schriftgelehrten satirisch attackierte: »Weh euch, Schriftgelehrte und Pharisäer ... Ihr blinden Führer, die ihr Mücken aussiebt, aber Kamele verschluckt!«[48]

Die schlechte Laune, Lust- und Lebensfeindlichkeit der

Kirche vermittelt ein falsches Bild des Mittelalters, indem sie suggeriert, alle wären mit schmerzverzerrtem Gesicht herumgelaufen. Dies war mit Sicherheit nicht der Fall.[49]

Zwischen dem 5. und 7. Jahrhundert herrschte seitens der Theologen eine abwertende Beurteilung des Lachens vor. Im Gegensatz dazu wurde das Weinen für wichtig gehalten.[50]

Ab dem 12. Jahrhundert begann eine vorsichtige Reform, man differenzierte zwischen dem guten und dem schlechten Lachen. So bemühte sich Thomas von Aquin (1225–1274)[51], einer der größten Theologen über die Jahrhunderte hinweg, in seinen Schriften, den Unterschied zu erklären. Doch es sollte noch lange dauern, bis das Lachen wirklich akzeptiert wurde.[52]

Anders als die Kirche, die Lachen als Sünde verteufelte, pflegten und pflegen die asiatischen Kulturen das Lachen und eine Philosophie des Komischen. Buddha lächelt uns oft heiter entgegen. Die Taoist*innen lachen sehr gerne, die Zen-Mönche sind weltberühmt für ihr lautes Lachen.

Der Islam steht positiv zum Lachen. Lachen und Weinen sind nach dem Koran von Gott geschaffen: »Und dass Er es ist, der [einen] zum Lachen und Weinen bringt.«[53]

Es wird von vielen Begleitern, Freunden und Zeitzeugen berichtet und bestätigt, dass der Prophet Muhammad gerne scherzte und lachte. Von ihm stammt der Spruch: »Dein Lächeln ins Gesicht deines Bruders [hier: Gläubigen] ist ein Akt der Nächstenliebe.«[54] Allerdings mahnten sowohl er als auch die Gelehrten des Islams zur Mäßigung beim Lachen. Alles, was Salafisten gegen das Lachen ins Feld führen, zielt auf die Unterdrückung der Menschen ab, vor allem der Frauen.

*Ein Rabbiner beklagt sich bei einem Kollegen: »Ach, mein Sohn ist Christ geworden.« – »Was hast du dagegen getan?«, fragt der Kollege. – »Ich habe mich bei Gott beklagt.« – »Und? Was hat er dir gesagt?« – »Das sei ihm mit seinem Sohn auch passiert. Ich solle dasselbe tun wie er.« – »Was denn?« – »Er sagt, er hat sofort ein neues Testament gemacht.«*

## Lachen in der bildenden Kunst

In der Malerei und Bildhauerei finden wir selten lachende Gesichter. Der Grund dafür ist weniger die christliche Doktrin, die dem Lachen skeptisch, ja feindlich gegenüberstand, als vielmehr die Tatsache, dass das Lachen ein kurzes Ereignis ist, dessen Ursache schwer darstellbar ist. In der Malerei ist es fast unmöglich, ohne in die Nähe der hässlichen Grimassen zu geraten, die zu Geistern und Dämonen, aber weniger zu Menschen passen.

Dagegen genoss und genießt das Lachen in der übrigen darstellenden Kunst große Beliebtheit, so in Theater, Film, Clownerei, Comedy, Operette, Tanz, Erzählung, Puppentheater, Pantomime, Zauberkunst, Akrobatik etc.

Es ist wohl bekannt, dass man andere umso effektiver zum Lachen bringt, je ernster man als darstellender Künstler bleibt, und es gilt als guter Ratschlag für Anfänger, so lange für sich zu üben, bis sie nicht mehr über die eigenen Witze lachen.

*Der russische Beamte an der Zollgrenzstation fragt den deutschen Autofahrer: »Alkohol, Zigaretten?« »Nein, zweimal Kaffee, bitte!«*

## *Der politische Witz*

Noch nie konnten absolutistische Herrscher ihre Kritiker leiden, teils, weil sie wissen, dass sie viel Unrecht getan haben, und teils, weil sie in ihrem Größenwahn glauben, dass sie unfehlbar sind. Caesar hasste Ciceros scharfe Zunge, mit der dieser nach Caesars Ermordung auch dessen Nachfolger Marcus Antonius scharf kritisierte. Das kostete Cicero das Leben. Die Kalifen der Abbasiden nannten sich »Gottes Schatten auf Erden«. Auch Stalin, Mao Zedong und all ihre arabischen Nachahmer betrachteten Witze und satirische Äußerungen über ihr Regime als kriminelle Tat gegen »das Vaterland« und ließen deren Urheber und Verbreiter hart bestrafen.

Man sollte Diktatoren nicht unterschätzen. Sie erkannten zu allen Zeiten die Gefahr des engagierten Wortes, vor allem kannten sie ihre Lügen und das hohle Pathos selbst ganz genau. Deshalb hassen sie den politischen Witz und die Satire, die auf die leeren Versprechungen der Diktatur zielen und sie entlarven, ins Lächerliche ziehen.

Und nicht zufällig sind alle Diktatoren humorlos. Ihre Auftritte sind verkrampft und bemüht, streng und erhaben zu erscheinen. Sie wirken todlangweilig.

Der politische Witz hat aber noch eine andere Eigenschaft, deretwegen er der Diktatur missfällt: Die Diktatur lebt davon, dass sich die lebendigen Individuen einer Gesellschaft anpassen und zu einer gesichtslosen, gleichgeschalteten Masse werden, die man nach Belieben marschieren, weinen, jubeln und leere Worthülsen wiederholen lässt. Der politische Witz zeigt dem Diktator, dass er gescheitert ist, dass die anonymen Erzähler von Witzen noch keine willenlosen Schafe seiner Herde sind.

Ein politischer Witz ist die letzte Möglichkeit, sich gegen

die Missstände unter einer Diktatur zu wehren. Er ist eine Form des Widerstandes, dessen Stärke in der schnellen Verbreitung liegt. Es ist auch nicht überraschend, dass die Jugend – als Ausdruck ihrer Unzufriedenheit – mehr Witze ersinnt als alte Menschen, die sich mit dem System – aus welchen Gründen auch immer – längst arrangiert haben.

Der politische Witz kann aber auch, wie im Falle der Muhammad-Karikaturen, zu einer Krise zwischen Staaten führen. Hier mischt sich Rassismus mit der Attitüde von Salon- und Talkshow-Revoluzzern zu einer explosiven Dreckschleuder. Das ist das Metier vieler Comedians, die ihre eigentlich apolitische opportunistische Laufbahn unbedingt markant und bemerkbar machen wollen. Sie, die Tag und Nacht zur Verblödung des Programms der visuellen Medien und seiner Konsumenten beitragen, wollen auf einmal klug und gescheit auf Weltpolitik reagieren – mit dämlichen Witzen. Beliebte Zielscheibe: der Islam, Flüchtlinge oder die Dritte Welt.

Der politische Witz ist unter einer Diktatur ein Janusgesicht, die Kehrseite des Leidens. Er äußert sich im Gegensatz zu den harmlosen, bisweilen dummen Späßen der Comedians, nicht nur, um Lachen zu erzeugen, sondern erhofft sich, durch das Lachen all die Leidenden zusammenzuschließen. Auch eine gewisse Hoffnung, dass sich der Missstand, den der Witz anklagt, zum Besseren ändert, steckt in jedem politischen Witz. Also verbirgt der heitere Mantel des Lachens stets einen ernsten Kern. Doch unter einer Diktatur ist die Hoffnung auf Veränderung sehr klein, sehr klein … sehr, sehr, sehr klein.

Auf der anderen Seite kann das Lachen über die Diktatur zu einem Ventil werden, das all die aufgestaute und berechtigte Wut befreit. Das haben die etwas intelligenteren Diktatoren begriffen und Komiker in ihren Dienst gestellt, die »quasipolitische Witze« vortragen und einige

Unzulänglichkeiten des Systems kritisieren, aber immer die Spitze der Diktaturpyramide schonen, ja bisweilen loben.

Das erinnert mich sehr an die Funktion der Hofnarren. Im Orient wie im Okzident bekamen die Spaßvögel am Hofe der Kalifen, Sultane, Fürsten und Könige die Freiheit, Kritik zu üben und Parodien aufzuführen, die der Erheiterung des Hofes dienten. Sie hatten die sogenannte Narrenfreiheit.[55]

*»Mr. Bush, welche Beweise haben Sie, dass der Irak Massenvernichtungswaffen besitzt?« Bush: »Wir haben die Quittungen aufgehoben.«*

## *Das Lachen der Kinder*

Kinder neigen von Natur aus zum Lachen, ihre einzige Bremse ist die Welt der Erwachsenen. Freud hat genau erkannt, dass der Witz aus dem kindlichen Spiel und der kindlichen Lebenslust entsteht: »Das Denken wird für einen Moment auf die kindliche Stufe zurückversetzt, um so der kindlichen Lustquelle wieder habhaft zu werden.«[56]

Daher hat Erich Kästner recht, wenn er, als Kinderfreund, den Kindern empfiehlt: »Lasst euch die Kindheit nicht austreiben! Schaut, die meisten Menschen legen ihre Kindheit ab wie einen alten Hut. Nur wer erwachsen wird und Kind bleibt, ist ein Mensch!«[57]

Wer Kinderlachen nicht erträgt, ist nicht gesetzt und ernst, sondern erstarrt und borniert. Denn Lachen macht Kinder gesünder und vor allem mutiger. Wenn sie beginnen, über Erwachsene, Tiere oder Traumbilder zu lachen, die ihnen Angst machen, so überwinden sie diese Furcht in einer Art Selbsttherapie, in der die angstmachenden Bilder aus dem Unbewussten in fassbare, belustigende Bilder transformiert werden. Jedes Lachen über einen Angstgegenstand ist ein Sieg über die mit ihm verbundene Angst. Er befreit das Kind und macht es handlungsfähiger.

*Drei Schwaben fallen auf einer Alpenwanderung in eine Gletscherspalte. Nach langer Zeit trifft die Bergrettung ein. Von oben rufen die Helfer: »Wir sind vom Roten Kreuz.« Die Schwaben rufen im Chor: »Mir gäbet nix!«*

## *Das Lachen der Frauen*

Beim Philosophen Immanuel Kant kann man lesen: »Lachen ist männlich, Weinen ist weiblich.«[58] Das stimmt zwar faktisch nicht, denn Frauen lachen doppelt so viel wie Männer, aber das Lachen der Frauen wurde in fast allen Kulturen mit Argwohn betrachtet und negativ eingestuft, die Männerherrschaft strebte die vollständige Kontrolle über Geist und Körper der Frau an. Das laute Lachen einer Frau betrachtete man als verwerflich und unmoralisch, es galt als vulgär und als Zeichen ihrer sexuellen Freizügigkeit, was in konservativen Gesellschaften der Prostitution nahekam. Deshalb wurde den Frauen lautes Lachen in vielen Ländern verboten. Der Frau war Bescheidenheit und Passivität vorgeschrieben.

Auch beim Lachen Zähne zeigen galt als Sünde, deshalb mussten die Frauen bereits beim Lächeln den Mund mit der Hand, mit dem Kopftuch, Schleier oder Fächer bedecken.

Jahrzehntelang nervten uns männliche Hirnforscher mit der Behauptung, das Gehirn von Männern sei größer als das von Frauen. Als man aber feststellte, dass Frauen besser dastehen, wenn man das Verhältnis des Gehirns zum Körpergewicht betrachtet, war das Gewicht des Gehirns auf einmal nicht mehr relevant. Auch die bessere Vernetzung der zwei Gehirnhälften bei Frauen wurde nur selten thematisiert. Die Erklärung der Forscher dafür, dass zudem die Großhirnrinde bei Frauen mehr Furchen hat, was so viel bedeutet wie: mehr Fläche, mehr Kapazität und Effektivität, was Frauen sprachlich überlegen macht und über ein besseres emotionales Gedächtnis verfügen lässt, lautete – und das ist kein Witz: »Das hat die Natur so eingerichtet, weil es Aufgabe der Frau war, auf die Kinder aufzupassen, während die Männer auf der Jagd waren.«[59]

Warum Frauen besser zuhören und viel öfter lachen, können die Herren der Schöpfung nicht erklären.

Mag die feine Vernetzung ihres Hirns sie von jeher befähigt haben, Nuancen und subtile Elemente eines Ereignisses, Textes, Witzes sensibler zu verstehen und angemessen darauf zu reagieren, mögen diese Fähigkeiten des Gehirns das Gehör der Frauen, die Quelle der Weisheit der Zunge, geschärft haben, so meine ich doch, dass vieles auch soziohistorisch zu verstehen ist. Frauen waren darauf angewiesen, genauestens zuzuhören, um zu unterscheiden, wann eine Situation lebensgefährlich war und wann nicht. Männer, die in der Geschichte – zumindest in der, die uns bekannt ist –, immer schon im Mikro- wie im Makrokosmos einer Gesellschaft die Herrschaft innehatten, glaubten nicht gut zuhören zu müssen, ganz nach dem Motto: »Wer die Herrschaft hat, muss gehört werden, aber nicht unbedingt zuhören.«[60] Auch das Lächeln und Lachen der Frauen waren Instrumente des Überlebens. Aber es bedeutete immer auch eine Infragestellung der männlichen Herrschaft und brachte die Solidarität unter Frauen zum Ausdruck. Deshalb haben die Taliban das Lachen der Frauen in Afghanistan verboten, als sie Ende der Neunzigerjahre die Herrschaft über das Land erlangten. Aus dem gleichen Grund verboten die arabischen Islamisten den Frauen das Lachen, und last but not least forderte Bülent Arınç, einer der Gründer der AKP, Vertrauter und damals Vize von Erdoğan, im Sommer 2014 (!), dass man Frauen das laute Lachen untersagen sollte.

Wenn das nicht lachhaft ist!

*Eine Frau trifft sich zu Hause mit ihrem Geliebten. Plötzlich klingelt das Telefon. Die Frau telefoniert kurz und kommt wieder ins Bett zurück. Ihr Liebhaber fragt ängstlich: »Wer war das?« Sie sagt: »Mein Mann.« Der Geliebte wird nervös und will sofort gehen. Sie beruhigt ihn: »Bleib nur da. Mein Mann hat gesagt, dass er gerade mit dir im Büro Karten spielt und etwas später nach Hause kommen wird.«*

## *Kitzeln*

Eltern kitzeln gerne ihre Kinder, um sich gemeinsam mit ihnen an dem unvergleichlich schönen Lachen zu erfreuen. Selbst Kinder, die das Kitzeln nicht mögen, beginnen, spontan zu lachen.

»Kitzelspiele sind der Urquell des Lachens«, glaubt Robert Provine von der Universität Maryland. Lachen sei demnach als Aufforderung zum Mitmachen entstanden – und um zu signalisieren, dass eine Attacke spielerisch und nicht ernst gemeint ist. Ist es nicht bemerkenswert, dass wir uns selbst nicht kitzeln können?

»Wer lacht, kann nicht beißen«, schrieb der Soziologe Norbert Elias. »Selbst bei Menschen geht das Lachen Hand in Hand mit einer ziemlich starken Hemmung der Fähigkeit, andere körperlich zu verletzen.«[61]

*Warum war Jesus mit Sicherheit ein Orientale? Erstens: Er lebte noch mit dreißig bei seinen Eltern. Zweitens: Er glaubte, seine Mutter sei Jungfrau. Drittens: Seine Mutter glaubte, er sei Gott.*

Mehrmals dachte ich, ich wäre fertig, da sprach der Chemiker in mir: »Suche weiter, sei dir nicht so sicher, dass du wirklich alles gelesen hast.« Und siehe da, bald entdeckte ich erneut eine mir unbekannte Überlegung oder These, eine Theorie oder empirische Studie über das Lachen. Hier mache ich also quasi gezwungenermaßen Schluss, weil sonst das Nachwort endlos lang würde. Mich trösten dabei Volker Tschannerls Worte: »Denjenigen, der sich einmal auf das Lachen eingelassen hat, lässt die Frage nach dem Lächerlichen und dem Komischen nicht mehr los. Dennoch musste diese Arbeit abgeschlossen werden, wenn auch die Beschäftigung mit dem Thema kein Ende finden kann.«[62]

Rafik Schami
Frühjahr 2020

# Anmerkungen

1 Die hier eingestreuten Witze sind absichtlich nicht nach Themen geordnet. Das ist der größte Fehler der Witzbücher und einschlägigen Internetseiten, denn sie töten durch das Sortieren und Einordnen das wichtigste Element eines Witzes: die Überraschung

2 Johann Caspar Rüegg: »Das Lachen der Völker«, in: *Frankfurter Rundschau*, 22. 1. 2009. https://www.fr.de/wissen/lachen-voelker-11534150.html

3 Wie es 1962 bei der in Tanganjika aufgetretenen Epidemie von Lachanfällen der Fall war, die mehrere Monate andauerte und etwa 1.000 meist junge Personen betraf.

4 Siehe dazu Henri Bergson: *Das Lachen*, Arche, Zürich 1972

5 Siehe dazu Peter L. Berger: *Erlösendes Lachen. Das Komische in der menschlichen Erfahrung*, De Gruyter, Berlin 1998, S. 45.

6 Ebd., S. 159

7 Friedemann Richert: *Kleine Geistesgeschichte des Lachens*, wbg Academic in Wissenschaftliche Buchgesellschaft, Darmstadt 2009, S. 151

8 Charles Darwin: *Der Ausdruck der Gemütsbewegungen bei dem Menschen und den Tieren.* Kritische Edition. Einleitung, Nachwort und Kommentar von Paul Ekman, Eichborn, Frankfurt a. M. 2000

9 Freud hat dem Witz eine ausführliche Studie gewidmet, in der er Aufbau, Technik und Tendenz des Witzes untersuchte. Vgl. Sigmund Freud: »Der Witz und seine Beziehung zum Unbewussten« (1905), in: Ders.: Studienausgabe, *Band IV: Psychologische Schriften*, S. Fischer Taschenbuch, Frankfurt a. M. 1982, S. 9–219

10 Vgl. ebd.

11 Erich Kästner: Die einäugige Literatur, in: Ders.: *Werke, Bd. II: Wir sind frei*, hrsg. v. Hermann Kurzke, Lena Kurzke, Hanser, München/Wien 1998, S.49 f

12 André Jolles: *Einfache Formen. Legende, Sage, Mythe, Rätsel, Spruch, Kasus, Memorabile, Märchen, Witz*, Max Niemeyer Verlag, Tübingen 1974.
13 Henri Bergson: *Das Lachen*, Arche, Zürich 1972, S. 78.
14 Ebd.
15 Ebd.
16 Ebd.
17 André Glucksmann: »Ich lache, also gibt es die Dummheit«, in: *Lob der Dummheit.* Reclam, Leipzig 2000, S. 82. Der Artikel ist ein Auszug aus Glucksmanns Buch *Die Macht der Dummheit*, übers. von Thomas Dobberkau und Josef Winiger, Deutsche Verlags-Anstalt, Stuttgart 1985.
18 Ebd., S. 88
19 Vgl. dazu den aufschlussreichen Artikel »Humor und Heiterkeit: Die wiederentdeckten Therapeutika« von Dr. Michael Titze, http://www.michael-titze.de/content/de/texte_de/text_d_06.html
20 Siehe dazu den ausführlichen Bericht auf: https://www.lachkurs.de/gesund2.html
21 Der Clowndoktor geht auf eine Idee des US-amerikanischen Clowns Michael Christensen zurück. Er erfand 1986 das »Clown-doctoring«, gründete »Big Apple Circus Clown Care« und schickte Clowns in Kinderkliniken. Schnell wurde seine Methode populär. Auch in Österreich, in der Schweiz und in Deutschland wurden Vereine und Stiftungen gegründet, die Clowns in Medizin und Pflege einsetzen und fördern.
22 Thomas Hobbes: *Vom Bürger*, hrsg. v. Günter Gawlick, Felix Meiner Verlag, Hamburg 1959, S. 77.
23 Anton Hügli: »Die Komik der Philosophen und der philosophische Humor«, Universität Basel, Uni Nova 03/2011. Quelle im Internet: https://www.unibas.ch/de/Forschung/Uni-Nova/Uni-Nova-118/Uni-Nova-118 Komik.html
24 Ebd
25 Platon: *Sämtliche Dialoge. Band IV: Theätet–Parmenides–Phi-*

*lebos*, hrsg. v. Otto Appelt, Felix Meiner Verlag, Hamburg 1993, S. 82.

26 Hans-Georg Gadamer: *Lob der Theorie*, Bibliothek Suhrkamp, Band 828, Frankfurt a. M. 1983, S. 87.

27 Vgl. Georg Picht, »Die Ironie des Sokrates«, in: Ders.: *Hier und Jetzt. Philosophieren nach Auschwitz und Hiroshima, Band 1*, Stuttgart 1980, S. 221–238.

28 Vgl. dazu beispielsweise Martin Hartung: *Ironie in der Alltagssprache. Eine gesprächsanalytische Untersuchung*, Westdeutscher Verlag, Wiesbaden 1998, S. 157.

29 Nicht nur Heinrich Heine, auch viele Satiriker befürworteten die Einführung eines »Ironiezeichens«, ähnlich zu verwenden wie ein Frage- oder Ausrufezeichen. Das hat sich aber leider nicht durchgesetzt. Heute haben wir im digitalen Schriftverkehr die Möglichkeit, Emoticons zu Hilfe zu nehmen.

30 Im Duden heißt es dazu etwas allgemeiner: »paradoxe Konstellation, die einem als Spiel einer höheren Macht erscheint«.

31 Schon in der Antike war die Satire bekannt und beliebt: Beim syrisch-griechischen Autor Lukian ebenso wie beim Theatergenie Aristophanes. In der arabischen Dichtung entwickelten sich die »Spottlyrik« sowie eine unnachahmliche Prosa-Satire, man findet sie z. B. im Werk des großen Gelehrten und Spötters Al Dschahis. In Europa lässt sich die Tradition der Satire vom Mittelalter (Sebastian Brant) über Renaissance und frühe Neuzeit (Erasmus von Rotterdam, Grimmelshausen) und weiter über die Aufklärung (Jonathan Swift, Voltaire) und das 19. Jahrhundert (Heinrich Heine und Max Stirner) bis ins 20. Jahrhundert (Karl Kraus, Kurt Tucholsky, George Orwell, Eugen Roth und viele andere) verfolgen

32 Freud ordnet im oben erwähnten Werk die Satire als »feindseligen Witz« ein. Vgl. *Studienausgabe, Bd. IV*, S. 92.

Siehe auch: André Jolles: *Einfache Formen. Legende, Sage, Mythe, Rätsel, Spruch, Kasus, Memorabile, Märchen, Witz*, Max Niemeyer Verlag, Tübingen 1974, S. 247 ff, sowie: Hans-Jochen Gamm: *Der Flüsterwitz im Dritten Reich*, List Verlag, München 1963

33 Der Komödiendichter Philemon der Ältere (361–263 v. Chr.) soll sich totgelacht haben, als er einen frechen Esel beobachtete, wie dieser Feigen von einem Feigenbaum fraß

34 Siehe Raymond A. Moody: *Lachen! Über die heilende Kraft des Humors*, Rowohlt, Reinbek 1979.

35 Kurt Tucholsky: »Was darf Satire?«, in: Ders.: *Gesammelte Werke, Bd. 2*, Rowohlt, Reinbek 1975, S. 42 ff.

36 Selbst Anfang 2011, in den Tagen der heroischen ägyptischen Revolution, trugen viele Demonstranten Transparente gegen Mubarak mit Sprüchen, die einen Tränen lachen lassen: »Geh endlich, ich muss dringend duschen!«, »Geh endlich, meine Frau erwartet ein Kind, aber es will nicht dein Gesicht als Herrscher sehen!«, »Ben Ali hat Sehnsucht nach dir!«, »Wähl dir ein anderes Volk, die Ägypter mögen dich nicht!«

37 Heinrich Heine, zitiert nach: Sigmund Freud: »Der Witz und seine Beziehung zum Unbewussten« (1905), in: Ders.: *Studienausgabe, Band IV: Psychologische Schriften*, S. Fischer Taschenbuch, Frankfurt a. M. 1982, S. 39.

38 Das erklären alte wie neue Marxisten mit der Notwendigkeit der Regulierung der Bewässerung eines einzigen gewaltigen Flusses, des Nils, was eine hochentwickelte zentrale Verwaltung verlangt, siehe die sog. »asiatische Produktionsweise«.

39 Der folgende, von mir verfasste Abschnitt erfuhr mehrere Veröffentlichungen, u. a. in »Das Lachen der Außenseiter. Bemerkungen zu unserer Satire«, in: *Lachen aus dem Ghetto. PoLiKunst-Jahrbuch 3*, 1985, S. 53–58, sowie in: *Lachen aus dem Ghetto.* Mandala-Verlag, Katzenelnbogen 1985, S. 12–19.

Ein Ausschnitt erschien außerdem in Rafik Schami, *Ich wollte nur Geschichten erzählen*, Koedition der Verlage Hans Schiler & Hirnkost, Berlin/Tübingen 2017, S. 93.

40 Das versteht aber mancher geschmacklose Komiker nichtdeutscher Herkunft nicht und belustigt sein Publikum mit ekelhaften Herablassungen über »fiktive« Ehefrauen oder Eltern und deren Hilflosigkeit gegenüber dem Gastland.

41 Kurt Tucholsky: »Was darf Satire?«, in: Ders.: *Gesammelte Werke, Bd. 2*, Rowohlt, Reinbek 1975, S. 43

42 Nach langer Beschäftigung mit den Biografien von über 300 Heiligen bin ich zu der Überzeugung gekommen, dass man unter ihnen nicht nur Verbrecher findet, die Völkermord begangen haben, sondern auch Lügner und Heuchler sowie viele Päpste, aber auch mit dem Vatikan verbundene Politiker oder psychisch Kranke, die eher eine Therapie als eine Heiligsprechung hätten brauchen können.

43 Jacques Le Goff: *Das Lachen im Mittelalter*, Klett-Cotta, Stuttgart 2008, S. 59

44 Umberto Eco: *Der Name der Rose*, Carl Hanser Verlag, München 1980, S. 168.

45 Mk 10,13–16

46 Vgl. Joh 2,1–12

47 Mt 11, 19

48 Mt 23,23–24

49 »Wilhelm von Malmesbury berichtet im 12. Jahrhundert von einer witzigen Replik des Philosophen Johannes Scotus auf eine spöttische Scherzrede Karls des Kahlen. Der König, als er mit Johannes Scotus speiste und zu einem Scherz aufgelegt war, fragte Johannes Scotus, der ihm direkt gegenüber saß, scherzhaft: ›Was ist der Unterschied zwischen Scotus (einem Schotten) und sotus (einem Dummkopf)?‹ Johannes Scotus gab auf dieses Wortspiel die witzige Antwort: ›Nur dieser Tisch‹ (Tabula tantum) und hatte sicher die Lacher

auf seiner Seite.« Vgl. Rüdiger Schnell: »Lachen im Mittelalter«, in: *Uni Nova 03/2011*. Quelle im Internet: https://www.unibas.ch/de/Forschung/Uni-Nova/Uni-Nova-118/Uni-Nova-118-Lachen.html

50 Jacques Le Goff: *Das Lachen im Mittelalter*, Klett-Cotta, Stuttgart 2008, S. 64.

51 Obwohl er auf allen Bildern schlecht gelaunt aussieht.

52 Man erzählt, der König und verbrecherische Kreuzzügler Ludwig IX. (1214–1270) habe sich als Zeichen seiner Frömmigkeit jeden Freitag geweigert zu lachen.

53 Koran, Sura Al Najm, Ayat 43

54 Der Satz bedeutet materielle Gabe und Hilfe für die Armen, die Gott (nach dem Koran) belohnt. Sie kommt aus der Liebe, deshalb ist hier die Nächstenliebe gemeint.

55 Der Narr hatte darüber hinaus eine vielschichtige religiöse, satirische, philosophische Bedeutung, die hier auszuführen zu umfangreich wäre.

56 Sigmund Freud: »Der Witz und seine Beziehung zum Unbewussten« (1905), in: Ders.: *Studienausgabe, Band IV: Psychologische Schriften*, S. Fischer Taschenbuch, Frankfurt a. M. 1982, S. 159

57 Erich Kästner: »Ansprache zum Schulbeginn«, in: Ders.: *Gesammelte Schriften für Erwachsene, Bd. 7*, Droemer Knaur, München/Zürich 1969, S. 180–184

58 Immanuel Kant: *Sämtliche Werke*, Felix Meiner, Leipzig 1838, Bd. 7, S.176

59 Schlechte Nachricht für Frauenfeinde: »Die Axone und Dendriten, die für die Verkabelung der Neuronen sorgen, nehmen den größten Teil des Hirnvolumens ein – würde man sie alle Ende an Ende aneinanderreihen, würde sich eine Strecke von mehr als 100.000 km ergeben, das ist das Zweieinhalbfache des Erdumfangs! Dieses Netzwerk ist bei Frauen 20.000 km länger als bei Männern!« Zitiert aus: Ben Moore: *Elefanten im All*, Kein & Aber, Zürich 2012, S. 174.

60 Noch eine schwer verdauliche Wahrheit für Frauenfeinde: Frauen stellen 80 bis 90 Prozent des Publikums einer Lesung. Ohne Frauen wären Lesungen ein Jammertal der leeren Säle. Das steht in keinem Buch, sondern ist das Resümee meiner Erfahrung aus 40 Jahren

61 *SZ-Wissen* vom 19. Mai 2010: https://www.sueddeutsche.de/wissen/zaehne-zeigen-wer-lacht-beisst-nicht-1.913063-0

62 Volker Tschannerl: »Das Lachen in der altindischen Literatur«, in: *Europäische Hochschulschriften., Reihe XXVII, Bd./Vol. 37*, Frankfurt a. M. 1993, S. 145.

# *Die Autorinnen und Autoren*

**Michael Köhlmeier,** 1949 in Hard am Bodensee geboren, lebt als Schriftsteller in Hohenems (Vorarlberg) und Wien. Er schreibt Kurzprosa, Lyrik, Bühnenstücke, Drehbücher sowie Hörspiele und hat zahlreiche Romane veröffentlicht, darunter *Abendland* (2007, Finalist beim Deutschen Buchpreis), *Madalyn* (2010) und *Die Abenteuer des Joel Spazierer* (2013). Mit *Zwei Herren am Strand* war er 2014 auf der Longlist für den Deutschen Buchpreis vertreten, 2016 erschienen *Das Mädchen mit dem Fingerhut* und *Wer hat dir gesagt, dass du nackt bist, Adam? Mythologisch-philosophische Verführungen* (zusammen mit Konrad Paul Liessmann), 2017 *Der Mensch ist verschieden – Dreiunddreißig Charaktere* (zusammen mit Monika Helfer) sowie *Der Mann, der Verlorenes wiederfindet* (Novelle über Antonius von Padua). Zuletzt erschienen u. a. sein Roman *Bruder und Schwester Lenobel* (2018) sowie die Sammlung *Die Märchen* (2019).

**Nataša Dragnić** wurde 1965 in Split (Kroatien) geboren. Nach dem Germanistik- und Romanistikstudium in Zagreb schloss sie eine Diplomatenausbildung ab. Seit 1994 lebt sie in Erlangen und war viele Jahre als freiberufliche Fremdsprachen- und Literaturdozentin tätig. Ihr Debüt *Jeden Tag, jede Stunde* erschien in rund 30 Sprachen, ihr zweiter Roman *Immer wieder das Meer* wurde 2013 veröffentlicht, ebenfalls in mehreren Übersetzungen. Sie erhielt den IHK-Kulturpreis der Stadt Nürnberg 2012, den August-Graf-von-Platen-Förderpreis 2013 und den italienischen Premio Fondazione Francesco Alziator 2013. Bei ars vivendi erschien im Frühjahr 2016 ihr Roman *Der Wind war es*, im Sommer 2017 folgte *Einatmen, Ausatmen*.

**Rafik Schami,** 1946 in Damaskus geboren, wanderte 1971 in die Bundesrepublik aus. Er studierte Chemie in Heidelberg und schloss sein Studium 1979 mit der Promotion ab. Heute zählt er zu den bedeutendsten Autoren deutscher Sprache. Seine Bücher erschienen in 30 Sprachen und wurden mit vielen Preisen ausgezeichnet, u. a. mit dem Hermann-Hesse-Preis, dem Chamisso-Preis, dem Nelly-Sachs-Preis und dem Preis gegen das Vergessen und für Demokratie. Seit 2002 ist Rafik Schami Mitglied der Bayerischen Akademie der Schönen Künste. Veröffentlichungen u. a.: *Eine Hand voller Sterne* (1987), *Erzähler der Nacht* (1989), *Die dunkle Seite der Liebe* (2004), *Das Geheimnis des Kalligraphen* (2008), *Eine deutsche Leidenschaft namens Nudelsalat* (2012), *Die Farbe der Worte* gemeinsam mit Root Leeb (ars vivendi, Jubiläumsausgabe 2013), *Sophia oder Der Anfang aller Geschichten* (2015), *Sami und der Wunsch nach Freiheit* (2017), *Ich wollte nur Geschichten erzählen* (2017) sowie zuletzt *Die geheime Mission des Kardinals* (2019).

**Monika Helfer,** geboren 1947 in Au/Bregenzerwald, lebt als Schriftstellerin mit ihrer Familie in Vorarlberg. Sie hat Romane, Erzählungen und Kinderbücher veröffentlicht, zuletzt *Bevor ich schlafen kann* (2010), *Oskar und Lilli* (2011), *Die Bar im Freien – Aus der Unwahrscheinlichkeit der Welt* (2012) und *Die Welt der Unordnung* (2015). Gemeinsam mit Michael Köhlmeier veröffentlichte sie 2010 *Rosie und der Urgroßvater* sowie 2017 *Der Mensch ist verschieden – Dreiunddreißig Charaktere.* Für ihre Arbeiten wurde sie unter anderem mit dem Robert-Musil-Stipendium (1996) und dem Österreichischen Würdigungspreis für Literatur (1997) ausgezeichnet. Mit *Schau mich an, wenn ich mit dir rede!* wurde Monika Helfer 2017 für den Deutschen Buchpreis nominiert. 2020 erschien ihr neuer Roman *Die Bagage.*

**Franz Hohler,** 1943 in Biel geboren, aufgewachsen in Olten, studierte fünf Semester Germanistik und Romanistik in Zürich und arbeitet seither freischaffend für Bühne, Radio und Fernsehen. Er lebt mit seiner Frau in Zürich, schreibt Erzählungen, Romane, Gedichte, Kabarettprogramme, Theaterstücke und Kinderbücher. Zuletzt wurden von ihm veröffentlicht: *Gleis 4* (Roman, 2013), *Ein Feuer im Garten* (kurze Erzählungen, 2015), *Die Nacht des Kometen* (Erzählung für Kinder, 2015), zusammen mit Alex Capus und Pedro Lenz *Die Prinzessin, der General und die Sängerin: Stadtgeschichten* (Kurzgeschichten, 2016) sowie *Alt?* (Gedichte, 2017), *Das Päckchen* (Roman, 2017), *Sommergelächter* (Gedichte, 2018) und *Am liebsten aß der Hamster Hugo Spaghetti mit Tomatensugo* (Tiergedichte, 2018). 2020 erschien die Kurzprosasammlung *Fahrplanmäßiger Aufenthalt.*

**Root Leeb,** 1955 in Würzburg geboren, studierte Germanistik, Philosophie und Sozialpädagogik. Sie arbeitete zwei Jahre als Deutschlehrerin für Ausländer, danach sechs Jahre als Straßenbahnfahrerin in München. Heute lebt sie als Autorin, Malerin und Zeichnerin in Rheinland-Pfalz. Bei ars vivendi erschien 2001 *Mittwoch Frauensauna*, 2003 folgten *Tramfrau – Aufzeichnungen und Abenteuer der Straßenbahnfahrerin Roberta Laub*, 2012 ihr Roman *Hero – Impressionen einer Familie*, 2013 *Die dicke Dame und andere kurze Geschichten* und 2015 ihr Roman *Don Quijotes Schwester.* Ihr Werk wurde in mehrere Sprachen übersetzt.

»Ein Buch wie eine Schachtel Pralinen mit kleinen, gehaltvollen Köstlichkeiten«
*Dr. Birgit Ruf, Nürnberger Nachrichten (zu Reisen)*

»Ein Band voller Liebeserklärungen an eine der feinsten Erzählkünste«
*Esther Willbrandt, Radio Bremen (zu Reisen)*

»Der Kurzgeschichte, wie Rafik Schami sie sich wünscht – kurz, konzentriert, poetisch – machen diese Tiere alle Ehre.«
*Leonie Berger, SWR 2 (zu Tiere)*

»Tiergeschichten – schillernd wie die Federn eines Pfaus«
*Gabi Rüth, WDR 5 (zu Tiere)*